Paranoid, Liebe und Ummagumma
oder wie ich meine Jugend überlebte

AF281619

Wolfgang H. Klein

Paranoid, Liebe und Ummagumma oder wie ich meine Jugend überlebte

Erzählung

Impressum

Klein, Wolfgang H.
Paranoid, Liebe und Ummagumma:
oder wie ich meine Jugend überlebte
Erzählung
ISBN 3-8334-0861-8

Herstellung und Verlag: Books on Demand GmbH, Norderstedt
www.bod.de
Titelbild: Smoking couple © Gettyimages www.gettyimages.com

Of all the things I value most in life
I see my memories and feel their warmth
And know that they are good

Black Sabbath - Spiral Architect

Inhalt

Images and Words

„She shuts the doors and lights and lays her body on the bed where images and words are running deep...“
(Dream Theater – Waiting for sleep)

Es ist ein wirklich geiles Gefühl. Ich stehe im schwarzen Leder-Minirock auf der Bühne. Ich trage dazu schwarze, knielange Stiefel und ein knappes, schwarzes Lederoberteil. An den Armen habe ich schwarze Handschuhe, die bis zum Oberarm reichen. Ich tanze zum schweren Rhythmus der Gitarren und schwenke das Mikro. Die schwarzgekleideten Jungs neben mir bearbeiten ihre Gitarren und schütteln heftig ihre langen Mähnen. Direkt hinter mir auf dem Podest haut unser Drummer in die Felle und seitlich von mir greift unser Keyboarder voll in die Tasten.

Das Volk unten in der Halle schüttelt was das Zeug hält mit den Köpfen und ist völlig aus dem Häuschen. Sie feiern die Band tierisch ab. Wir spielen gerade unsere erste Zugabe, da wird es plötzlich taghell. Ich schließe meine Augen. Mist, denke ich, jetzt ist ein Scheinwerfer explodiert.

Ich öffne die Augen – und befinde mich im Schlafzimmer. Ich stelle fest, dass ich diesen Auftritt leider nur geträumt habe. Die Stakkato Gitarren jedoch sind echt, sie kommen aus dem Wohnzimmer. „Pull me under, pull me under, pull me under, I am not afraid“, das ist Dream Theater, das erkenne ich sofort.

Das Bett neben mir ist leer, Werner ist bereits aufgestanden und hantiert in der Küche mit dem Frühstück. Das tut er am Wochenende immer. Und dazu hört er seine Musik-

CDs. Es duftet schon verlockend nach Kaffee. Langsam komme ich zu mir: stimmt fällt mir ein, wir waren gestern Abend auf diesem Konzert mit der tollen Sängerin, deshalb habe ich wohl von diesem Auftritt geträumt.

„Anna", ruft es jetzt aus der Küche, „kommst du, ich bin gleich soweit mit dem Frühstück?" – „Ja, ich komme gleich", antworte ich, noch etwas langsam. Ich suche nach meinem T-Shirt, das irgendwo neben dem Bett liegt, dort wo ich es heute nacht hingeworfen hatte. Da liegt auch der Rest von meinen Klamotten, meine Jeans, meine Pumps. Endlich sitze ich auf der Bettkante. Ich habe wohl ein Bierchen zu viel gehabt, denke ich, aber das Konzert war geil. Eigentlich stehe ich nicht so auf Hardrock oder Metal, aber seit ich Werner kenne, ist diese Musik auch für mich ein fester Bestandteil in meinem Leben geworden.

Ich schaffe mich ins Badezimmer und mache notdürftig meine Morgentoilette, wenigstens Zähneputzen und ein wenig Wasser in die Augen. Ich sehe mein Gesicht im Spiegel und sage zu mir selbst, „hallo Anna, guten Morgen. Heute siehst du tatsächlich älter aus, als du bist". Dabei bin ich erst Mitte zwanzig.

Werner ist zwanzig Jahre älter als ich. Er ist Professor für amerikanische Literatur an der hiesigen Uni. Für einen Prof sieht er noch sehr jung aus. Die meisten halten ihn für Ende Dreißig.

Er macht eine gute Figur, egal ob er Anzug oder Jeans trägt. Er ist der erste Prof, den ich in einer schwarzen Lederhose an der Uni gesehen habe.

Ich schleppe mich in die sonnendurchflutete Küche, wo Werner bereits den Frühstückstisch gedeckt hat. Er hat Eier gekocht und frischen Toast gemacht. „Hallo Schatz, du siehst noch müde aus" sagt er zu mir und ich schlinge meine Arme um seinen Nacken. Wir küssen uns.

Werner macht die Musik leiser. „Ich habe das gebraucht, um wach zu werden. Dream Theater ist da ganz gut geeignet."

Ich lasse mich auf einen Stuhl fallen. „Ich habe wohl gestern Abend ein Bier zu viel gehabt, in der Halle. Ich bin noch gar nicht fit." - „Ein Bier kann eher nicht sein, aber so zwei bis drei kommt hin. Dafür warst du echt gut drauf. Und unheimlich süß heute Nacht", setzt er lächelnd hinzu.

Während er mir Kaffee einschenkt, fällt mir wieder die letzte Nacht ein, weiß nun, was er meint. Wir haben ein paar nette Spielchen miteinander gemacht, letzte Nacht. Anna, du warst echt schamlos. Aber toll war es.

Ich erzähle ihm von meinem Traum als Sängerin auf der Bühne. „Ist ja cool", lacht er. „Das wäre was. Ich würde alle deine Konzerte besuchen. Ich wäre garantiert dein männlicher Groupie." Ich musste lachen bei dieser Vorstellung. „Und würdest den Altersschnitt bei den Konzerten versauen", sage ich. - „Du weißt ja, dass ich das ohnehin schon meistens tue, wenn ich auf ein Rockkonzert gehe."

Da hatte er nicht unrecht, aber er ist musikalisch wenigstens nicht in den Sechzigern oder Siebzigern stehen geblieben, wie viele der anderen Späthippies, die nur noch auf Oldies Konzerte gehen. Er geht auch zu den neuen Bands, die ihm gefallen, und da ist das Publikum halt jünger.

Nach dem Frühstück gehe ich ins Bad und stelle mich erst einmal unter die Dusche. Die Spuren des gestrigen Abends und der letzten Nacht beseitigen. Vielleicht würden meine Lebensgeister dann wieder richtig aufwachen.

Ich liebe diesen Mann, denke ich bei mir. Ob er mich jemals auch so liebt, wie ich ihn, weiß ich nicht. Klar, er hat mich sehr gern, das weiß ich. Aber ob er mich wirklich liebt? Ich glaube immer, da ist so ein geheimer Kern, an den ich bei ihm nicht heran komme. Ich weiß auch nicht. Anna, du bist eine blöde Kuh, jetzt hör aber auf mit dem Mist. Du hast eine supergeile Nacht mit ihm hinter dir und das war nicht die erste und einzige.

Dennoch, ich hätte eigentlich nicht geglaubt, dass ich einmal einen Mann lieben würde, der so viel älter ist als ich. Sicher, er war mir gleich unheimlich sympathisch gewesen, als ihn an der Uni zum ersten Mal sah. Meine Kommilitonin Marie hatte mir von ihm erzählt. Obwohl ich BWL studierte und nicht Anglistik oder Amerikanistik wie sie, ging ich mit ihr zu seiner Vorlesung.

"Er ist Spezialist für alles, was mit Gothic zusammenhängt, du weißt schon, so Schauerromane und –geschichten. Er ist Experte für Edgar Allan Poe. Aber er macht auch so moderne Sachen wie Anne Rice oder so," hatte mir die Kommilitonin vorgeschwärmt. Dies interessierte mich, da ich selbst die Vampirromane von Anne Rice gelesen hatte.

Also ging ich mit ihr in die Vorlesung. Es war ziemlich voll im Hörsaal und wir hatten einen Platz ziemlich weit oben.

Es war wirklich brillant, wie er vortrug, analysierte, Zusammenhänge verdeutlichte und Interpretationen lieferte. Zwei oder dreimal während seines Vortrags war es mir vorgekommen, als hätte er genau mich angesehen. „Ist er nicht genial?", hatte mir Marie zugeflüstert „Die Mädels stehen Schlange vor seinem Zimmer, auch wenn er keine

Sprechstunde hat" meinte sie. Du kleine Schlampe wohl auch, dachte ich bei mir.

Er war fachlich glänzend, das war sicher, aber er war eigentlich nicht das, was man sich unter einem gut aussehenden Mann vorstellt. Okay, er sah noch recht jung für einen Prof aus, er hatte eine ganz schicke, moderne Brille und eine moderne Frisur. Seine dunkelblonden Haare wurden an einigen Stellen jedoch schon grau. Dennoch, ich glaube ich hatte mich doch etwas in ihn verliebt.

Ich sah ihn dann an einem anderen Tag einmal ganz allein in der Cafeteria sitzen. Es war bereits am späten Nachmittag und nicht mehr viel los an der Uni. Er war völlig in Gedanken verloren und starrte geistesabwesend aus dem Fenster. Er sah nett aus, aber gleichzeitig war da so ein Hang zur Traurigkeit, vielleicht Depression, der ihn umgab. Ob, das von seinen Schauerromanen kommt, hatte ich mich gefragt.

Plötzlich hatte er mich angeschaut. Sein Blick ruhte etwas länger als es eigentlich üblich ist auf mir und dann lächelte er mich an. Ich lächelte zurück. Er kam auf mich zu und sagte, „ ich habe Sie neulich bei mir in der Vorlesung gesehen. Sie sind mir gleich aufgefallen. Sie studieren aber nicht Amerikanistik oder Anglistik?" - „Nein", hatte ich gesagt. „Ich studiere BWL. Ich war mit einer Bekannten da, außerdem interessiere ich mich für Anne Rice. Es ist eher ungewöhnlich, dass es darüber Vorlesungen gibt."

Er lächelte: "Mag sein, aber ich versuche halt meinen Interessen nachzugehen, soweit das möglich ist."

Komisch, hatte ich gedacht, wieso hat der dich unter dieser Menge Studenten im Hörsaal überhaupt gesehen? Wir unterhielten uns in der Cafeteria noch länger, sehr zum

Missfallen meiner Bekannten Marie, die dann auch noch irgendwann aufkreuzte. Sie war total eifersüchtig geworden und hatte mich dafür hinterher zur Schnecke gemacht. Nicht ganz zu Unrecht, wie sich herausstellte. Schließlich habe ich ihn ja gekriegt, nicht sie.

Ich steige aus der Dusche, trockne mich sorgfältig ab und beginne meine Haut einzucremen.

Ich sah Werner ab und zu in der Cafeteria, er grüßte mich jedes Mal freundlich und strahlte mich an. Ich hatte jedes Mal so ein gewisses Kribbeln im Bauch gespürt, als er mich ansah. Ab und zu unterhielt er sich auch mit mir und ich merkte, wie seine Studenten und vor allem die Studentinnen, das registrierten und mich anstarrten.

Anna, so ein Quatsch, dachte ich mir damals, er ist ein Prof, du bist Studentin, der will dich doch nur verarschen. Ich weiß, du siehst nicht schlecht aus, wahrscheinlich ist er nur geil auf dich. Dabei ist er so viel älter. Und Verehrer in deinem Alter hast du doch auch genug. Du bildest dir das alles nur ein. Dennoch, die Gefühle für ihn hatten mich irgendwie nicht mehr losgelassen.

Ein paar Wochen später war ich mit einer ganzen Clique von Leuten, darunter auch Marie, zu einem Konzert gegangen. Es spielte eine Band aus den Siebzigern, die ich gar nicht näher kannte, Uriah Heep. Ich ließ mich aber überreden mitzukommen. Zu meiner Überraschung war Werner auch in der Halle. Er stand seitlich vor dem Mischpult. Ich sah ihn sofort in der Menge. Es gab mir direkt einen Stich ins Herz. Er schien allein da zu sein. Marie hatte ihn auch schon gesehen und steuerte durch die Menge auf ihn zu. Ich hinter ihr her.

So, jetzt muss ich noch die Haare fönen und mich schminken, so wie er es gerne hat ...

Marie quatschte ihn an, wegen des Lärms in der Halle musste er sein Ohr direkt an ihren Mund halten, um etwas zu verstehen. Das sah sehr intim aus. Aber er sah mich direkt dabei an und lächelte mit mir. In der Umbaupause nach der Vorband war meine Chance gekommen, als Marie ein Bier holen ging. Ich näherte mich ihm mit dem süßesten Lächeln, das ich drauf hatte. Er schien richtig beglückt, mich zu sehen, und erzählte mir was von Uriah Heep und dass ihm die Songs schon vor dreißig Jahren gefallen hatten, insbesondere 'Melinda' und 'July Morning'.

Ich stand genau neben ihm, als Uriah Heep auf die Bühne kamen. Den ersten Konzertteil fand ich recht öde, doch dann begannen sie die Oldies zu spielen und die Stimmung in der Halle änderte sich drastisch. Es wurde getanzt, getobt und mitgesungen. Und dann kam auch 'July morning'. Ich merkte wie Werner anfing, zu swingen, und plötzlich fand ich mich in seinen Armen und tanzte mit ihm engumschlungen. Das war wohl der Moment, in dem es um uns beide endgültig geschehen war.

Jesus, Anna, stehst hier vor dem Spiegel und träumst. Ja, es war auch traumhaft: noch in der gleichen Nacht ging ich mit ihm nach Hause und mit ihm ins Bett. Ich erlebte eine meiner tollsten Nächte. Noch heute spüre ich dieses warme Gefühl im Bauch, genau wie in der letzten Nacht, obwohl ich doch besoffen war.

Das alles ist jetzt fast zwei Jahre her und wieder stehe ich hier bei ihm im Badezimmer, träume vor mich hin während ich mich anmale.

Ich kann es kaum glauben, aber ich bin glücklich mit diesem verrückten Kerl.

Marie hat mir die Freundschaft aufgekündigt damals und ich spürte die blöden Blicke und das Getuschel der anderen Studenten. Ich konnte mir lebhaft ausmalen, was sie über mich redeten. „Das ist die Tusse vom Prof.", „die geht mit einem Prof ins Bett. Verspricht sich wohl was davon." Dabei studierte ich ja gar nicht einmal sein Fach.

Ich habe mich darüber hinweg gesetzt und habe es nicht bereut.

Inzwischen habe ich mein Diplom in der Tasche und meinen eigenen Job in einer Werbeagentur. Und das alles ohne die Hilfe vom Herrn Professor.

Nach einem halben Jahr gab ich meine Bude auf und zog zu ihm in seine Altbauwohnung. Es ist schön hier, in dieser alten Villa. Dies ist jetzt auch mein Heim. Werner hat mir sofort eines seiner Zimmer geräumt, so dass ich meinen eigenen Bereich habe – und natürlich auch, falls es einmal Knatsch geben sollte.

Selbstverständlich musste ich mich auch erst daran gewöhnen, dass er so viel älter ist als ich. Auch meine Freunde und Bekannten waren zunächst sehr skeptisch, doch nachdem sie ihn näher kennen gelernt hatten, waren die meisten nicht mehr ablehnend. Bei einigen anderen, so auch meinen Eltern, reißt sein Job als Professor einiges wieder heraus.

Hauptsache, wir verstehen uns blendend. Unsere gemeinsame Vorliebe für Gothic novels hat uns schon viel Spaß gebracht. Und nicht zuletzt im Bett ergänzen wir uns großartig.

So, noch den Lippenstift auftragen und dann bin ich getakelt für heute. Jetzt fühle ich mich wieder besser.

Werner sitzt in seinem Arbeitszimmer am PC. Wahrscheinlich muss er noch irgendwas vorbereiten, für einen Vortrag, den er nächste Woche halten muss. Sein Zimmer ist vollgestopft mit Büchern, vom Boden bis zur Decke. Irgendwo zwischendrin im Regal hat er seine Stereoanlage und seine Plattensammlung. Ich gehe hinüber zu ihm und lege meine Arme um seinen Hals. Er greift zärtlich nach hinten und packt meinem Po.

Im CD-Player läuft momentan Marillion, 'clutching at straws'. Ich kenne mich inzwischen mit seinem Musikgeschmack aus. Anfangs hatte ich mit seinem Hard'n'heavy, Psychedelic und Progrock meine Probleme. Ich kannte diese Bands aus den Siebzigern ja alle kaum mit Namen und auch die heutige Metalszene war mir nicht gerade vertraut. Ich habe früher halt eher Petshop Boys gehört.

Ich habe aber erkannt, welch eine große Bedeutung diese Musik für ihn in seinem Leben hatte und hat. Werner sagt mir immer, dass er ohne seine Musik vielleicht gar nicht überlebt hätte.

Auch mir gefällt inzwischen diese Musik gut. Ich träume ja selbst schon davon, als Sängerin einer Metalband auf der Bühne zu stehen. Ich liebe sowieso schwarze Klamotten. Und Anne Rice lässt ihren Vampir Lestat ja auch durch Rockmusik geweckt werden.

Ich spreche oft mit Werner über die Zeit in den Sechzigern und frühen Siebzigern, die Zeit, die für ihn so wichtig war, eine Zeit, in der ich noch gar nicht geboren war und die so anders gewesen sein muss als meine Jugend als Generation Golf Angehörige.

Natürlich erzähle ich ihm auch über meine Zeit, über meine Eindrücke und er hört mir aufmerksam zu.

Heute laufen die Teens wieder mit ausgestellten Hosen und Klamotten herum, die vor knapp dreißig Jahren schon einmal in waren. Werner sagt immer, dass heute das ganze Feeling und die ganze Einstellung dazu fehlt, die er und seine Kumpels damals hatten.

Aus seinen Erzählungen kann ich es verstehen. Es muss so ganz anders gewesen sein, diese Aufbruchsstimmung, dieses Bedürfnis nach Selbstfindung, nach bewusstseinserweiternden Erlebnissen, der Versuch, ohne Aggression zu leben.

Aber dadurch, dass er diese Zeit erlebt hat, glaube ich, dass er es geschafft hat, sich innerlich einiges davon zu bewahren. Vielleicht sieht er auch deshalb noch so jung aus, weil er sich trotz aller Veränderungen etwas von der Hard Rock Mentalität bewahrt hat.

An langen Winterabenden saßen wir bei manch einer guten Flasche Rotwein in unserer schönen Wohnung zusammen. Wir hörten die alten Platten von Black Sabbath, Pink Floyd und Led Zeppelin. Dabei hat Werner mir Geschichten aus seiner Jugendzeit erzählt. Ich bekam dadurch einen tiefen Einblick in seine Seele und warum manches so ist, wie es heute ist. Ich finde diese Erlebnisse so skurril, aber auch so ergreifend, dass ich ihm gesagt habe, er solle sie doch aufschreiben. Als Literaturprofessor müsste er das doch können.

Er küsste mich zärtlich und sagte mir, dass er selbst diesen Gedanken schon lange mit sich herumtrage und dass er es toll findet, dass ich auch auf diesen Gedanken gekommen bin. Allerdings, so meinte er, seien die meisten ja gerade aus dem Grund Literaturwissenschaftler geworden, weil sie selbst nicht in der Lage sind, ein Buch zu schreiben.

Wir haben schließlich gemeinsam an diesem Manuskript gearbeitet und ich glaube, sowohl mir als auch ihm hat die Niederschrift geholfen, einiges besser zu verstehen.

Immer wieder sagt er, schade, dass man nicht weiß, was aus dem oder der später im Leben geworden ist. Dies gilt sowohl für die Leute, die er selbst kannte, als auch für einige der Stars. So ist es auch mit unseren Träumen und Hoffnungen. Was ist aus den vielen Träumen und Erwartungen geworden, die jeder von uns im Laufe seines Lebens mit sich herumträgt?

Ich bin zwar erst 25, aber ich sehe es ja schon bei mir, dass mancher Traum beerdigt wurde, ohne je gelebt worden zu sein. Ich habe aber das Glück, mit Werner einen meiner schönsten Träume leben zu können. Ich jedenfalls liebe ihn um so mehr ...

Seite A: The early years

Intro

Ich war damals noch ein ziemlicher Pimpf als für mich alles begann. Im Gegensatz zu einigen der bereits etwas älteren Jungs in unserer Straße hatte ich keine Ahnung von Mädels, allenfalls irgendwelche dunklen Vermutungen, irgendein Geheimnis zwischen Jungen und Mädchen. Man hatte uns irgendwie über das rein technische aufgeklärt, sowohl die Eltern als auch unser Schulpfarrer hatten sich redlich bemüht. Und die Erinnerung daran, dass der Pfarrer Mayer einen zornesroten Kopf gekriegt hatte, als irgendeiner aus der Klasse bei seinen Ausführungen gelacht hatte, war noch recht frisch.

Allerdings, dass dabei starke Gefühle im Spiel sein würden, dass das alles Spaß machen könnte, dass man aber auch in tiefe Traurigkeit versinken könnte, darauf hatten sie uns nicht vorbereitet.

Heute, mehr als 30 Jahre später, haben die Pimpfe mit 12 Jahren im Fernsehen schon mehr nackte Frauen gesehen als meine Freunde und ich damals zusammen.

Überhaupt interessierte ich mich damals wesentlich mehr für elementare Dinge wie Fußball, als für Mädchen und Beatmusik. Meine Welt bestand aus Schule, Fußball und Karl May Büchern und Filmen.

Von fetzigen oder poppigen Klamotten war weder bei mir noch bei den anderen eine Spur; wenn ich zur Schule ging, trug ich Stoffhosen und Rollkragenpullis, keine Jeans oder

T-Shirts. Dafür hatte ich Rollis in allen möglichen Farben; Jeans waren aus Cord und hießen Manchester- Hosen, aber kaum einer von uns hatte so was. Klamotten sollten zweckmäßig, angepasst und unauffällig sein. Es gab doch tatsächlich ein paar Langhaarige bei uns im Dorf, die trugen Hosen mit Blumenmuster, worüber sich unsere alten Herrschaften mächtig aufregten.

Und plötzlich brach es über mich herein. Es war an einem noch recht kühlen Frühlingstag im Jahr, als Heidi und ihre Freundinnen auf dem Festplatz in unserem Dorf auftauchten. Wir alle, das heißt die Pimpfe und die schon etwas älteren Jungs, bestaunten Heidi außerordentlich, als sie mit ihren streichholzkurzen Haaren daher kam. „Julie Driscoll?" fragte Ossi leicht spöttisch. Ossi war einige Jahre älter als ich, er war ein großer, grobschlächtiger Kerl und spielte in unserem Dorfverein Fußball. Von daher hatte er schon so etwas wie einen „Männlichkeitsbonus". Jedenfalls hörte ich den Namen von Julie Driscoll zum ersten Mal. Klang irgendwie spannend, nach England, nach Neuem, Aufregendem. Heidi sah wirklich reizend aus und ich kriegte so ein komisches Kribbeln im Bauch, das ich mir gar nicht erklären konnte. Ossi balzte mit Heidi herum und unterhielt sich mit ihr und den anderen Mädels über irgendwelche Musiktitel und einen bevorstehenden Tanzabend im Festzelt. „Legend of Xanadu?" „Simon Says?" All das war für mich völliges Neuland. Aber ich fühlte und begriff, das mit der Musik würde wichtig werden. Zumal auch mein Kumpel Olli sich – für mich überraschenderweise – damit auszukennen schien. Das war mir bisher bei ihm nicht aufgefallen. So konnte ich bei dieser Gelegenheit auf dem Festplatz noch nicht mitreden. Aber ich beschloss, dass ich mich in die Sache einarbeiten würde. Und so hängte ich mich ab sofort zu jeder möglichen Zeit daheim in der Küche ans Röhrenradio und suchte mir die Sender rein, auf denen Popmusik gespielte wurde - sofern es welche dafür gab. Das waren damals nicht sehr viele. Dennoch, nach einigen Wochen konnte ich bei jeder Unterhaltung zum Thema Pop und Beat mithalten. Und dann hörte ich zum ersten Mal ´Jumpin´ Jack Flash´ von den Rolling Stones – und damit kamen die Steine wirklich ins Rollen.

Jumpin´Jack Flash

„I was born in a cross fire hurricane and I howled at my ma in the driving rain, but it´s alright now, in fact it´s a gas, but it´s alright now, I´m jumpin´Jack flash it´s a gas, gas gas" (Rolling Stones - Jumpin´Jack Flash)

Meine ältere Schwester hatte einen Plattenspieler und dazu einige Beatles-Singles. Ich hatte diese Scheiben immer auf ihrem alten, tragbaren Mono-Plattenspieler gedudelt, der noch mit Röhren bestückt war und nach dem Abhören einiger 45-Umdrehungsplatten ungut nach heißem Plastik roch. Dieses Ding nahm ich ab sofort in Beschlag.

Ich ging nach der Schule ins Kaufhaus und schlich in der Schallplattenabteilung herum. Ich fand mich auf einmal echt peinlich, als ich vor der jungen, hübschen Verkäuferin stand, mit meinen kurzen Haaren, meinem Rollkragenpulli und die Single Jumpin´ Jack Flash verlangte. Die hübsche blonde Verkäuferin mit den schulterlangen Haaren lächelte mich jedoch an und ich bekam einen hochroten Kopf. Ich zählte DM 4,95 von meinem Taschengeld auf den Ladentisch und sie packte mir die Single in eine Tüte. Darauf trabte ich schwitzend, aber glücklich mit meiner Stones Platte davon.

Ich hörte meine einzige Schallplatte fünfzig mal am Tag, oft gemeinsam mit Olli. In der Folgezeit begann ich sehr zur Freude meiner Eltern damit, mein Zimmer mit Fotos der Rolling Stones zu tapezieren, die nunmehr in trauter Eintracht mit den Wimpeln der Bundesligavereine die Wand neben meinem Bett zierten.

Einmal kam da abends diese Fernsehshow, eine gemeinsame Sendung von Bee Gees und Julie Driscoll. Dass Julie ausgerechnet mit den Bee Gees in einer gemeinsamen Fernsehshow auftrat, habe ich überhaupt nicht kapiert. Die Bee Gees, das waren doch Weicheier, das war unser Feindbild. Die verkörperten etwas anderes als die rauen Stones. Letztere hatten sogar schon im Gefängnis gesessen. We love you ... du konntest sogar die Kerkertüren knallen und die Ketten rasseln hören. Das war es, was meine Freunde Olli, George und mich begeisterte.

Olli war unser Sunny Boy, mit blonden Haaren, blauen Augen, sehr sportlich und ungemein ehrgeizig. Er konnte einem die Ohren weglabern, sein Mundwerk stand fast nie still. Dennoch hatte er genau wie ich die Hosen voll, wenn es um Mädels ging.

Dies wunderte mich bei ihm, weil gerade er alles andere als auf den Mund gefallen war.

Mittags war manchmal seine Cousine Bianca da, und Olli machte sich einen Spaß daraus, sie zu ärgern. Bianca war etwas jünger als wir, aber groß gewachsen, mit schulterlangen blonden Haaren. Wir saßen zu Dritt bei Olli im Hof auf einer Bank und gaben uns alle Mühe Bianca zu ärgern. Wir wussten, dass sie das Wort ´tadellos´ nicht mochte, weil ihr bescheuerter Bruder es ständig im Mund führte. Deshalb verwendeten auch wir es so oft wie möglich und auch alle anderen denkbaren und undenkbaren Worte mit der Endsilbe –los. Bianca kriegte zweifellos jedes mal einen tadellosen hysterischen Anfall und wir lachten uns hirnlos und tabulos kaputt.

Irgendwie begann ich, die Welt draußen mit anderen Augen zu sehen. Plötzlich gab es mehr Langhaarige bei uns im Dorf. Die Leute fingen an sich zu ereifern. Dabei waren die Haare damals bei Olli, George und mir gerade mal bis über die halbe Ohrlänge gewachsen. Wir kämmten die Haare morgens fein säuberlich hinter das Ohr und sobald wir außer Haus waren, wieder darüber.

Und Olli und ich hatten uns in das selbe Mädel verguckt. Sie hieß Isabel und war eines der hübschesten Mädchen, die ich unserem Dorf gesehen hatte. Sie hatte lange dunkle Haare, die sie immer in einem Pferdeschwanz zusammengebunden hatte. Und sie trug Cordjeans mit Blumenmuster. Wir nannten sie daher „flower power". Sie stand in dem Ruf eine echte Kratzbürste zu sein, die auch schon mal einem allzu forschen Verehrer eine Ohrfeige gab. Das machte sie nur noch interessanter, weil schön und gefährlich, das war schon was. Andererseits hatte daher erst recht keiner von uns den Mut, sie anzusprechen. So cool wir bei Bianca waren, bei Isabel ging das einfach nicht. So blieb es bei einer stillen Anbetung aus der Ferne.

Einmal gab es allerdings einen ziemlich peinlichen Auftritt mit ihr, der sie für mich ein für allemal in unerreichbare Ferne rückte. Ich saß mit Olli mittags im Zug auf der Heimfahrt von der Schule. Isabel und ihre Freundinnen saßen direkt hinter uns in der Bankreihe. In den „Silberlinge" genannten Wagen konnte man die Personen in der nächsten Sitzreihe aber nicht sehen, da die Rückenlehnen ziemlich hoch waren. Es blieb nur ein Zwischenraum zwischen Ende der Rückenlehne und dem Gepäckfach, wo man durchschauen konnte. Wir unterhielten uns deshalb um so lauter, damit die Girls nebenan unseren unsäglichen Dialog über unsere demnächst fällige Ausstattung mit Lederjacken mitkriegen mussten. Plötzlich zückte Olli einen

Zettel und kritzelte irgendwas darauf. „Was schreibst du denn da?" fragte ich ihn. „Nichts besonderes" gab er zurück. Zu meinem Erstaunen sah ich, dass er „I love you, flower power" auf den Zettel geschrieben hatte und zu meinem Entsetzen meinen Namen darunter setzte. Bevor ich es verhindern konnte, hatte er die Liebesbotschaft schon in die nächste Bankreihe befördert. „Du Schweinepriester" schrie ich Olli an, aber es war zu spät. Wenige Augenblicke später erschienen die Gesichter der Mädels über der Sitzlehne von Olli. „Welcher von Euch Deppen ist denn Werner?" schrie Isabel los. Kichernd zeigte Olli mit ausgestrecktem Arm auf mich, während ich krebsrot anlief und das nächste Mauseloch herbeisehnte. Die Mädels kicherten los und wenige Augenblicke später kam der Zettel wieder zurückgeflogen. Sie hatten daraufgeschrieben: "No chance, asshole!"

Auf den Schreck hin machte ich meine ersten heimlichen Rauchversuche, als die Eltern nicht zu Hause waren. Es war Sommer, warm draußen und ich machte die Fensterläden zu - es könnte mich ja einer sehen und wenn es der liebe Gott wäre! Ich hatte mir heimlich eine Packung Zigaretten gekauft. Nun hockte ich mich in die abgedunkelte Küche, holte eine Kippe aus der Schachtel - es gab noch preisgünstige 10er Packungen - und zündete sie an. Es schmeckte mir nicht besonders, aber ich fühlte mich zunächst ganz okay damit. Später wurde mir schlecht vom qualmen, und ich fragte mich, wie das wohl bei den anderen funktionierte, die damit so offensichtlich easy umgingen.

Während ich noch so in der abgedunkelten Küche auf dem Fußboden saß und qualmte, kam im Radio ein Bericht über einen Film aus den USA, ´Easy Rider´. Die Story von den beiden Hippies, die auf Motorrädern durch die USA fahren und schließlich im spießigen amerikanischen Süden umgebracht werden, traf mich irgendwie bis ins Mark. Dazu kam die Musik von Steppenwolf. Ich hörte ´Born to be wild´ und `The Pusher´. Diesen Film musste ich im Kino sehen, egal wie. Demgegenüber verblassten die ständig auf dem Kinoprogramm stehenden geheimnisumwitterten Schulmädchen- und Hausfrauenreports. Klar, interessant wäre es schon mal gewesen, aber bei der noch herrschenden strengen Alterskontrolle hatten wir keine Chance.

Mein Kumpel Olli und ich hörten musikalisch nach und nach immer härtere Sachen. Es waren einfach die Stromgitarren, die uns so gut gefielen. Da waren etwa ´The Who´, bei deren Konzerten regelmäßig alles zu Bruch ging. ´Magic Bus´ und ´Pinball Wizard´ waren unsere Lieblingssongs. Es gab die ´Doors´ mit ihrem Sänger Jim Morrison, der auf der Bühne schon mal die Hose runter ließ und irgendwas von ´mother, I want to fuck you´ sang. Es waren immer die „bösen Jungs", für die wir uns begeisterten ... Es gab kein MTV oder Viva wie heute und Sendungen über Beat-Musik waren äußerst rar. So wurde einmal im Monat der Beat-Club im Fernsehen zu unserer Kultsendung, die man sich nicht entgehen lassen durfte. Wehe, du hattest ihn verpasst, dann schwärmten dir die anderen von den tollen Bands vor, die sie gesehen hatten. Und du konntest nicht mitreden!

Die Zeit verging und im Radio lief auf einmal permanent ´All right now´ von ´Free´ und ich saß in dieser Zeit in einem Klassenzimmer, bei dem sich der Steinfußboden in Einzelteile auflöste - jeden Tag wenn ich nach Hause kam, hatte mir irgend so ein Depp aus meiner Klasse die Schultasche mit Steinchen gefüllt. Ich habe nie herausgefunden, wer der Trottel war. Der Leistungsdruck war dagegen enorm geworden und einige aus der Klasse flippten regelrecht aus. In den Pausen tobten wüste Schlachten mit Schwamm und Kreide, es flogen auch schon mal Stühle durch die Luft und gingen zu Bruch. Wir hatten jetzt regelmäßige Raucher unter uns und einige hatten feste Freundinnen. Bei mir ging diesbezüglich immer noch nichts, da ich mich mit Isabel ohnehin nicht getraute und verfiel langsam in Depressionen. Irgendwie muss sich dabei der verrückte Gedanke von „love at first sight" in meine Hirnwindungen gefressen haben. Und ich begann eine irrwitzige Suche nach dieser einen Frau, die mich aus dieser Misere holen würde ..

Child in Time

„Sweet child in time you have seen the line, the line that´s drawn between the good and bad..“
(Deep Purple, Child in Time)

Eines Tages saß ich mit meinem Tonband vor dem Radiogerät und sie stellten eine neue Platte von Deep Purple vor: Deep Purple in Rock. Von ´In Rock´ war ich hin und weg. Das war der absolute Hammer, das härteste Teil was ich bis dahin gehört hatte. Ich konnte es nicht fassen, diese Musik war der Knüller. Die Typen sahen zudem auch noch cool aus, richtig lange Haare, das wollte ich auch. Meine Begeisterung kannte keine Grenzen mehr. Ich steckte alle damit an. Diese Jungs verkörperten etwas, was mich faszinierte.

Im September jenes Jahres fuhren wir mit der Klasse mal wieder ins Schullandheim. Auf der Hinfahrt dahin kriegte ich zum ersten Mal mit, dass einige in der Klasse mit Dope experimentierten. Da habe ich mein erstes Klümpchen Haschisch gesehen. Ich hatte gewaltig Respekt vor dem Zeug, war aber auch gleichzeitig neugierig, was das bewirken könnte. Ich bewunderte klammheimlich meine Klassenkameraden Norbert und Uwe, die das Zeug dabei hatten.

Für unsere Jungengymnasiumsklasse war es eine gigantische Sensation, dass eine ganze Mädchenklasse ebenfalls in unserer Jugendherberge untergebracht war. Einige von uns legten sich daraufhin gewaltig ins Zeug und wollten unbedingt die Mädels anmachen. Zwei der älteren aus meiner Klasse haben das tatsächlich geschafft, was ihnen den

Respekt der restlichen Klasse eintrug. Immerhin durften wir in Begleitung der Lehrer tatsächlich mit den Mädels abends ins Dorf in eine Kneipe gehen. Es war mein erster öffentlicher Auftritt mit einer Zigarette, die ich mir mutiger weise bei einem der Mädels geschnorrt hatte.

Wieder daheim hatte ich außer Isabel nun auch Monika entdeckt; sie hatte für mich die schönsten Beine, die ich damals kannte; sie kamen unter einem superkurzen Karorock hervor und steckten in knielangen Stiefeln. Der Anblick war nicht nur für mich genial, auch alle anderen männlichen Jugendlichen im Dorf wollten etwas von ihr.

Deshalb konnte ich mein Glück kaum fassen, als der Schönheitskönig (wir nannten ihn so, weil er unser absoluter Schönling war und einer Rolle in Saturday Night Fever ebenbürtig gewesen wäre – aber das kam ja erst einige Jahre später) abends bei mir an der Haustür klingelte und Monika im Schlepp hatte.

„Hey Mann, du bist ein richtiger Glückspilz" rief er aus, sobald ich die Tür geöffnet hatte. Ich wusste nicht so recht, was ich davon halten sollte und schaute etwas verwirrt zwischen Schönheitskönig und Monika hin und her. Er hielt mir ein Photo von Silvia - einer Freundin von Monika - vor die Nase und erklärte mir:

„Hey, das Mädel hier ist heiß auf dich, du bist doch ein super Typ, sie will mit dir gehen". Mit jemandem gehen, so hieß das bei uns, wenn man mit einem Mädchen befreundet war und Hand in Hand ging. Jetzt war ich erst recht baff, denn mit diesem Gedanken hatte ich mich trotz allem noch gar nicht so richtig beschäftigt. Höchstens mit so einer Schönheit wie Monika, ja das hätte ich kapiert. Leider entsprach Silvia nicht meinen obskuren Vorstellungen von einer Traumfrau.

Bevor ich mich sammeln konnte, rückte unser Schönheitskönig als nächstes mit der Botschaft heraus, dass Monika hier – und er deutete in ihre Richtung – total auf meinen Freund Olli stehe, und „du", sagte er zu mir, „kannst doch da sicher was tun, oder?" Da hatte ich nun den Salat, ich wollte Monika, sie aber lieber meinen Kumpel Olli, Silvia wollte mich, ich sie aber nicht.

Ich brummelte was von, „na mal sehen" und „muss ich mir überlegen". „Na komm schon, lass dich nicht so hängen", klopfte der King mir aufmunternd auf die Schulter. Also ging ich auf die Sache erst einmal ein und verabredete mich für den nächsten Samstag mit Silvia und Monika auf dem Kirchplatz, dem üblichen Szenetreff in unserem Dorf. Es goss in Strömen als ich zu meiner Verabredung ging, aber ich hatte inzwischen - wie die meisten anderen auch - einen armeegrünen Parka mit Kapuze, war also gut ausgerüstet. Die Girls waren tatsächlich schon vor mir da und nach anfänglicher Verlegenheit plauderten wir munter drauf los. Ich erzählte ein wenig von meinen Schullandheimabenteuern. Sie entdeckten mir ihre eigentlichen Absichten und ich versprach Monika, sie mit meinem Freund Olli bekannt zu machen, obwohl das gegen meine Interessen verstieß. Aber ich hoffte, sie würde ihre Interessenslage vielleicht zu meinen Gunsten ändern. Silvia hielt ich vorsichtig auf Distanz.

Es kam, wie es kommen musste, Olli und ich balzten um die Gunst von Monika, aber zum Zug kam natürlich keiner von uns. Es stellte sich nämlich heraus, dass sowohl meine

Silvia als auch die reizende Monika bereits vergeben waren. Sie hatten Typen, die Moped fuhren und im Nachbardorf wohnten. Wir wären praktisch so die Leckerli für unter der Woche gewesen.

Da saßen wir verliebten Toren nun. Während Olli das nichts zu machen schien, waren für mich besonders die Sonntage ziemlich schlimm. Ich saß allein zu Hause und zog mir Black Sabbath rein. `Paranoid´ war für mich der Einstieg gewesen und nachdem mir mein Schulkamerad Tommy die LP zum Aufnehmen gegeben hatte, suhlte ich mich in den dunklen Riffs.

Es gab da noch ein weiteres Problem: Monika und Silvia standen auf deutsche Schnulzen, wie sie Peter Maffay damals sang. Das vertrug sich nun überhaupt nicht mit meinen Black Sabbath Riffs. Soweit ich damals wusste, waren Monika und Silvia in Bezug auf ihre musikalischen Vorlieben alles andere als Einzelfälle und ich dachte mir, dies würde sich als ein weiteres Dilemma in meinem Leben herausstellen. Also musste meine Traumfrau auch noch auf Rockmusik stehen.

Paranoid

„Finished with my woman, 'cause she couldn't help me with my mind, people think I'm insane, because I am frowning all the time..Can't you help me, aren't you for my brain, oh yeah." (Black Sabbath - Paranoid)

Der Wahnsinn nahm langsam seinen Lauf. Ich war Black Sabbath süchtig, von 'War pigs' bis ' NIB', von `Fairies wear boots` (wie passend) bis `Evil Woman` (wie passend), ich zog den schwer treibenden Rock der beiden ersten Sabbath LPs rein wie ein Schwamm. Ich hatte einen coolen Auftritt von Sabbath im Beat Club im Fernsehen gesehen und stand total auf die Band.

Nun, ich kam bei Monika natürlich nicht weiter - die Tatsache jedoch, dass ich mit ihr bekannt war, verhalf mir bei der männlichen Dorfjugend zu einem deutlich verbesserten Status - meine Vermittlungsdienste wurden nachgefragt..

Zu der großen Verehrerschar unseres Klasse-Girls gehörte damals auch Volker. Er war extrem unmodern gekleidet und extrem schlecht in der Schule. Er hat sich im Gegensatz zu mir wohl selten was draus gemacht. Volker war etwas kleiner als ich und hatte einen dunklen Lockenkopf. Als ich ihn das erste mal traf, trug er eine braune Tuchhose und ein völlig ausgeflipptes knallgelbes Blumenhemd. Irgendwie laberte mich Volker wegen Monika an und so kamen wir miteinander ins Gespräch. Es entwickelte sich ganz witzig - wir besiegelten unser neues Bündnis erst einmal mit ein paar Bieren; da war es günstig, dass seine Eltern gerade nicht da waren. Das dürfte so das erste mal gewesen sein, dass ich besoffen war. In unserem angesäuselten Zustand kamen wir auf allerhand närrische Ideen. Wir waren daraufhin für die nächste Zeit unzertrennlich.

Während ich mich in meinem unerfüllten Gefühlen zu Monika suhlte, hatte ich unversehens meinem Schulkameraden Tommy die Freundin ausgespannt - oder beinahe wenigstens. Tommy hatte mich zu einer Party eingeladen, die er veranstaltete. Für mich war dies meine erste Party. Ich war natürlich sehr gespannt und auch etwas nervös.

Ich trudelte mit noch einigen meiner Mitschüler im Partykeller bei Tommys Eltern ein, und war völlig baff über die Anzahl Mädels, die schon da waren. Es gab eine großes Hallo als wir eintrafen. Der Partykeller war nicht übermäßig groß, aber es hatten wohl so an die 30 Leute irgendwie Platz. An der hinteren Wand, links vom Eingang, war bereits eine Art Buffett aufgebaut, auf dem allerlei Köstlichkeiten auf uns warteten. Außerdem diverse Getränke. Tommy machte uns mit den anderen Anwesenden bekannt, insbesondere mit den Mädels, die in einer Traube in der rechten Ecke standen.

Tommy stellte mir seine Freundin vor. Christine hatte lange dunkelblonde Haare, die ihr in Wellen bis weit über den Rücken fielen. Sie hatte blaue Augen, die mich intensiv ansahen, als ich ihr die Hand drückte. Sie trug eine schwarze, hautenge Cordjeans und eine weiße Bluse, deren Enden sie vorne über dem Bauchnabel zusammengeknotet hatte, so dass man ihren schönen, flachen Bauch bewundern konnte.

Dass sie es auf mich abgesehen haben könnte, kam mir erst viel später in den Sinn. Tommy hatte auch noch zwei

Schwestern, Sieglinde und Petra. Sieglinde, genannt Siggi, war die Älteste der drei Geschwister und bereits in festen Händen. Petra war die Jüngere. Sie war ziemlich kräftig, aber nicht dick, und hatte einen ziemlich großen Busen, zumindest für meine damaligen Begriffe. Sie hatte außerdem schulterlange, braune Haare und ein freches Mundwerk.

Ich griff mir eine Bierflasche und schlang hastig ein wenig Nudelsalat herunter, als auch schon Tommys Schwester Petra auf mich zugeschossen kam:" Na Werner, will'ste tanzen?"

Da hatte ich nun den Salat, denn mit Tanzen hatte ich keinerlei Praxis; ich kannte ja nur meine Luftgitarre. Am liebsten hätte ich also nein gesagt, was ich mich aber auch nicht getraute. Also sagte ich nach kurzer Bedenkzeit: "okay dann, wenn es sein muss."

Zum Glück erinnerte ich mich an ein paar Schritte, die mir meine Schwester mal gezeigt hatte und improvisierte Freistil. Es dröhnte gerade „Gypsy" von Uriah Heep aus den Boxen, was einer meiner Lieblingssongs war. Ich tanzte mit Petra ein paar Runden ab, wobei ich es nicht ganz vermeiden konnte, ab und zu auf ihre üppigen Brüste zu schielen, die so schön wackelten. Gerade als ich sagen wollte, dass ich nun genug vom Tanzen hätte, tauchte Christine auf und übernahm die Position von Petra. Und beim nächsten Song wurden plötzlich die Lichter dunkler und es kam die unvermeidliche Bluesrunde.. Greg Lake sang gerade „uuh what a lucky man he was" doch ich wusste nicht wohin mit dem Unterleib. Christine legte mir ihre Arme um den Nacken, ich fasste sie zaghaft an den Hüften. Plötzlich legte sie ihren Kopf sanft an meine Schulter und brachte mir den

Blues bei – denn sie führte mich mit ihren Bewegungen. So gut es ging hielt ich meinen Unterleib von ihr fern – ich getraut mich nicht, sie an mich zu pressen. Am nächsten Tag hatte ich Rückenschmerzen von meiner verkrampften Haltung.

Christine und Petra wechselten sich im folgenden weiter darin ab, mich zu betanzen. Auch mit Petra war ich irgendwann in einer Bluesrunde und sie zögerte nicht, ihren Unterleib an mich zu drücken. Es war mir peinlich, dass ich bei ihr eine Erektion kriegte und sie es auch noch spüren musste. Mein Kopf war wahrscheinlich so rot wie die Strahler im Partykeller und ich schwitzte wie ein Ross. Ich kapierte plötzlich den saudummen Spruch „Cola vor dem Tanz, hebt die Stimmung und den Schwanz".

Ich tanzte irgendwann nur noch mit Christine, alle sahen es – auch Tommy - und alle schienen es zu ignorieren. Tommy nahm diese Geschichte mit Christine übrigens an diesem Tag nicht übermäßig tragisch, da er sich bereits den größten Teil der Party mit Elli beschäftigt hatte, die wiederum eigentlich anderweitig bereits vergeben war.

Am nächsten Schultag sagte Tommy grinsend zu mir: „Du Gauner, hast mir ja fast die Freundin ausgespannt. Christine war aber gestern Abend noch bei mir."

„Ist ja toll für Euch, wenn das wieder klappt. Was hast du denn mit dieser Elli getrieben?"

„Ach das war ja nichts, ihr Typ kam später noch, da konnte ich nicht mehr ausrichten."

Ich aber blieb in Christine verliebt, obwohl sie sich an Jesus Christus heranmachte. Natürlich nicht den echten, aber einen Typen, der jedem Christus-Darsteller Ehre gemacht hätte. Irgendwie schien Jesus sich aber auch nicht zu trauen.

Jedenfalls sagte sie mal zu uns, während wir nebeneinander standen: „Ihr seit euch irgendwie ähnlich."

Eines schönes Abends waren wir im Partykeller von Christines Eltern – es wurde getrunken, getanzt und gelacht – und irgendwann spielten wir das allseits beliebte „Flaschendrehen" zur weiteren Verbesserung der Kommunikation. Wir hockten uns alle im Kreis auf den Boden, in der Mitte eine leere Weinflasche. Einer durfte dann anfangen, die Flasche zu drehen, die sich dann wie ein Uhrzeiger bewegte. Die Person, auf die der Zeiger deutete – mit der Flaschenöffnung – war dann zu küssen. Das brachte immer viel Spaß in die Runde. Ich bemühte mich natürlich, die Flasche auf Christine zeigen zu lassen – allein, es gelang mir nicht. Stattdessen landete ich wiederholt bei Anita, die neben Christine saß. Anita hatte herrlich viele Sommersprossen im Gesicht und lange, gelockte rotblonde Haare - also gar nicht mein Typ. Es war wie verhext. Die anderen werteten das Resultat des Flaschendrehens natürlich als Absicht meinerseits. Und so kam es, wie es kommen musste: irgendwann im Lauf des Abends, als die Beleuchtung schummerig war und nur noch Samba pa ti lief, hielt ich Anita in den Armen. Sie fühlte sich zwar gut an, aber ich wollte sie ja nicht, sondern die verdammte Christine, die irgendwo mit Jesus in einer anderen dunklen Ecke saß. Auf meine verdrehte Art sagte ich mir, dass ich durch Anita zumindest häufiger in der Nähe von Christine sein könnte.

Mein neuer Kumpel Volker war ein extremer Typ, wie ich im Laufe der Zeit bei ihm mitbekam. Er hatte sich anscheinend aufgemacht, alles bis zur Erschöpfung auszukosten.

Ob es sich um Frauen, ums Trinken oder Kiffen handelte, Volker war extrem.

In der Zwischenzeit hatte ich Volker – wie vereinbart und mit Bieren besiegelt - den Kontakt zu Monika vermittelt. Diese hatte inzwischen statt meiner früheren Verehrerin Silvia, nunmehr Renate im Schlepp, die sich offensichtlich ebenfalls für mich interessierte. Ihr und mein Pech war, dass auch Renate überhaupt nicht meinen Vorstellungen entsprach. Sie war klein und pummelig. Irgendwie hatte sich in meinen Hirnwindungen die Sache mit 'love at first sight' nun erst so richtig festgefressen und ich wartete weiter auf den großen Moment, in dem mir die Traumfrau begegnen würde, von der ich nicht mal genau wusste, wie sie aussah. Allerdings war ich sicher, es würde mich treffen wie der Blitz, wenn ich sie sah. Und wir würden gemeinsam zu den betörenden Klängen eines Gitarrensolos auf rosa Wolken schweben ...

Eines Nachmittags waren Volker und ich wie üblich mit unseren Fahrrädern unterwegs. Das meinige hatte ich in John-Player schwarz angemalt, bei Volker war von der ursprünglichen Farbe nicht mehr viel zu erkennen, also irgendeine Unfarbe. Dennoch taten uns die Dinger gute Dienste. An jenem Nachmittag hatten wir die beiden Mädels irgendwo im Dorf aufgelesen, und jeder von uns hatte 'seine Braut' hinten auf dem Gepäckträger. Volker verfiel auf die geniale Idee zu seiner Oma zu fahren, die ein kleines Häuschen in der Nähe des Friedhofs besaß. Oma war nicht da, aber die Waschküche war unverschlossen. Das war die Gelegenheit und Volker lotste uns in die Waschküche. Er begann sofort mit Monika herumzuknutschen und Renate wollte mit mir ein gleiches tun. Plötzlich überkamen mich sowohl meine Schüchternheit als auch gewisse Skrupel, da ich ja offiziell mit Anita ging. Also zierte ich mich ein wenig. Volker sah das, sprang von seiner Bank auf und zerrte mich mit vor die Tür: "Was ist denn los mit dir? Stell' dich doch nicht so an. Warum knutschst du sie denn nicht endlich mal?" Ich brummelte irgendwas von Anita. Volker sagte: "Scheiße, die erfährt doch davon gar nichts. Knutsch doch einfach mit Renate ein bisschen herum. Ich will jedenfalls mit Monika meinen Spaß. Halte mir die andere vom Hals".

Ich dachte nun einmal ziemlich verdreht, was das ganze anging. Ich hatte plötzlich zwei Freundinnen und dennoch war ich mit keiner zufrieden. Das lag daran, dass ich in keine von beiden verliebt war, während ich gleichzeitig diese Schwärmereien von der Traumfrau im Kopf hatte. Ich wollte keine Kompromisse eingehen und wartete auf den Moment, wo es bum bang machen würde und mich die Liebe wie ein Blitz treffen würde. Ich hatte zwar keine Ahnung, wo und wie ich dieses Traumbild treffen wür-de und ob ich dann überhaupt ein Wort hervorbringen könnte, aber ich glaubte an die eine, die Traumfrau halt. Wir gingen also wieder in die Waschküche zurück und nachdem sich Volker wieder mit Monika befasste, begann ich mit Renate etwas herumzuknutschen. Volker und Mo-nika schauten zu uns herüber und stellten befriedigt fest: „Endlich haben sie.."
Wir knutschten noch ein bisschen herum und ich über-legte gerade ob ich mal meine Hand unter Renates T-Shirt bugsieren sollte, als Volkers Oma auftauchte und wir die gastliche Waschküche räumen mussten.

Renate machte sich nun Hoffnungen auf mich, was mich tatsächlich in Schwierigkeiten brachte. Am nächsten Tag tauchte nämlich Tommy mit seiner ganzen Clique bei uns im Dorf auf. Also auch mit Anita. Wir trafen uns am Flussufer und machten ein Picknick direkt am Wasser. Jemand hatte einen Radio dabei und es liefen so nette Sachen wie „25 or 6 to 4" von Chicago oder „When I'm dead and gone", von McGuiness Flint. Ich hielt mich bei Anita auf, schielte aber immer wieder nach Christine. Auch wenn es zwischen ihr und Tommy – nicht zuletzt wegen Jesus - augenscheinlich nicht mehr lief, wusste ich nicht, wie ich die Sache zu meinen Gunsten umbiegen sollte. Ich hatte ja Anita am Hals. Ich wartete auf ein Signal von Christine, aber nichts geschah.

Nachdem am Nachmittag Tommy mit seinen Leuten – einschließlich Christine und Anita – wieder den Heimweg angetreten hatte, traf ich mich mit Renate, Monika und natürlich Volker. Es war irgendwie völlig bescheuert.

Renate nahm mir schließlich die Entscheidung ab. Sie schnallte relativ bald meine Haltung und stellte ihre Bemühungen um mich ein - sie war – mit Recht - ziemlich gekränkt. Ich aber konnte nicht anders. Ich tröstete mich mit Black Sabbath.

Sweet Leaf

„When I first met you didn't realize, I can't forget you or your surprise, You introduced me to my mind and left me wanting you and your kind" (Black Sabbath - Sweet Leaf)

Eines Tages schleppte Volker das Hasch an. Ich weiß noch genau, es war ein ziemlich trüber, aber warmer Samstag im Sommer. Wir machten uns am frühen Nachmittag wie üblich davon auf die Wiesen unten am Fluss. Volker packte das Zeug aus, das er von seinem älteren Bruder hatte. Wir vermischten es mit Tabak und stopften es so gut es ging in eine Zigarette. Wir setzten uns unter eine große Weide und qualmten. Und warteten auf den großen Sprung in einen anderen Bewusstseinszustand. Wir hatten keine genauen Vorstellungen, wie das sein würde, aber wir dachten, es würde irgendwie Klick machen, wie wenn man einen Schalter umlegt, und die Wahrnehmung würde anders werden.

Aber es geschah überhaupt nichts. Null, nicht das kleinste bisschen veränderte sich. Es war wohl eher der Reiz des Verbotenen, was den Kick gab, als die Droge selbst.

Ich sagte zu Volker: "ob der Stoff überhaupt was taugt? Oder haben wir vielleicht was falsch gemacht?"

„Nein, das ist wohl so, bei den ersten paar Versuchen, merkst du gar nichts. Das kommt erst mit der Zeit."

Wir warteten noch einige Zeit nachdem wir geraucht hatten ab, aber als immer noch nichts gravierendes passierte, gingen wir zurück ins Dorf. Immerhin, wir fühlten uns ganz hipp, als wir später bei Chris auf einer Party einliefen. Sie fand im abgedunkelten Wohnzimmer statt - seine Eltern waren nicht da - es lief gute Musik, Mädels waren da. Volker und ich knallten uns in eine Ecke und genossen unseren Zustand, obwohl wir ja eigentlich nichts merkten. Aber es gab uns ein Gefühl, des Andersseins, uns von den übrigen abzuheben. Hinzu kam der Reiz des Verbotenen. Wir konnten nicht umhin, gewisse Andeutungen bei den anderen zu machen.

Ich war inzwischen voll auf den Pink Floyd Trip umgeschwenkt. In den Sommerferien ging ich zum ersten Mal in eine Fabrik zum arbeiten. Ich wollte mir endlich eine gescheite Stereoanlage kaufen.

Es war ziemlich bescheuert in der Glasfabrik in der ich arbeitete, die Arbeit allerdings meist nicht übermäßig schwer. An manchen Tagen waren wir nur damit beschäftigt, Ausschussflaschen zu zerdeppern, oder Eisenbahnwaggons mit Plastikkästen zu entladen. Immerhin arbeitete ich mit zwei Pink Floyd Freaks zusammen, so dass wir wenigstens was zum quatschen hatten. Einer meiner beiden Mitstreiter in der Fabrik spielte Gitarre in einer Band. Ich besuchte ihn einmal im Probekeller und saß zum ersten Mal hinter einem Schlagzeug. Da entstand bei mir die Idee, ich könnte doch auch Schlagzeug spielen.

An einem Samstags Abend in diesem heißen Sommer – es war so nach meiner ersten Woche mit dem Ferienjob - fanden sich über 20 Leute am Flussufer ein - und fast jeder hatte was zum kiffen dabei. Es kreisten die Pfeifen und Joints. Die Stimmung war sensationell. Die untergehende

Sonne schickte ihre letzten warmen Strahlen zu uns herunter. Ich saß auf einem alten Baumstumpf, der aus dem seichten, grünlichen Wasser ragte. Andere hatten sich auf Steine am Ufer gesetzt oder einfach in den noch warmen, weichen Sand gelegt. Es herrschte eine unheimlich harmonische und friedliche Stimmung, man konnte die positiven Schwingungen fast körperlich wahrnehmen.

Bis irgendwann dieser komische Typ auftauchte, der einige von seinen Jungs aus dem Fußballverein bei uns suchte. Dieser humorlose Zeitgenosse versaute nicht nur unsere Stimmung, sondern er versprach auch, unsere Eltern in Kenntnis zu setzen. Alle lachten ihn aus und so zog er brummend davon. Als ich an jenem Abend nach Hause kam, stand ich noch lange am geöffneten Fenster in meinem Zimmer. Die Sommernacht war mild und der Vollmond schien unglaublich groß und hell am Himmel. Die Mondmeere zeichneten ein riesiges Gesicht. Am Nachthimmel stand ein großer roter Stern, der mich anstrahlte. Ich hätte die Welt umarmen können, so wunderschön war das alles. Und plötzlich lachte der gute, alte Mond mit mir. Er lachte mich an und ich fand das so unglaublich toll, dass ich ständig in mich hineinkichern musste. So ging dieser herrliche Sommerabend zu Ende.

Der Vorfall vom Samstag Abend und die Gefahr einer möglichen Entdeckung trugen seltsamerweise zu einer mir unerklärlichen Traurigkeit bei, die ich empfand. Es muss am Montag nach diesem ominösen Samstag gewesen sein, ich hatte jedenfalls in der Fabrik eine Arbeit in einem anderen Teil des Werksgeländes zu tun als üblich. Ich befand mich in einem hohen, turmartigen Gebäude und musste eine Weile auf meine anderen Kollegen warten. Ich befand mich im Treppenhaus dieses Gebäudes, auf einer nach einer Seite offenen Empore. Das Werksgelände befand sich vielleicht zwanzig Meter tiefer unter mir.

Da überkam mich plötzlich dermaßen der Blues, ich war irgendwie völlig benebelt. Ich empfand ganz plötzlich eine abgrundtiefe Traurigkeit in mir, ich fragte mich plötzlich nach dem Sinn des ganzen Daseins, ich fühlte mich unendlich allein, ich hatte mein Dream Girl nicht gefunden, ich war todunglücklich. Ich sah kein Ziel, keine Bestimmung für mein Leben. Und dann kamen mir diese komischen Gedanken, wie es wäre, mein Leben zu beenden? Wie wäre es, sich in diese Tiefe hinabzustürzen? Ist dann alles vorbei, oder geht es irgendwie weiter? Ist das die Befreiung, der Übergang in eine andere, eine glücklichere Existenz? Irgendwie schwindelte mir beim Anblick des gähnenden Abgrunds unter mir. Ich musste mich auf eine der Treppenstufen setzen.

Zum Glück kamen meine beiden Mitstreiter in diesem Moment wieder zurück und wir arbeiteten weiter.

Ich zog meinen Ferienjob durch und kaufte mir von dem verdienten Geld eine Dual Stereoanlage, was wirklich das Größte war. An jenem Sommerabend gegen Ende der Ferien, als ich die Anlage zum ersten Mal in meinem Zimmer aufgebaut hatte, hörte ich Ummagumma von Pink Floyd von vorne bis hinten. Die Sounds kamen so gut und glasklar aus den Boxen, ich hätte heulen können vor Freude.

Ummagumma

„Lime and limpid green, a second scene, a fight between the blue you once knew, floating down, the sound resounds around the icywaters underground..
(Pink Floyd, Astronomy Domine)

Ich traf mich mit Anita, Tommy, Christine und den anderen aus der Clique im Schwimmbad. Christine sah bezaubernd aus. Sie trug einen rosa Bikini und ein Bauchkettchen. Tommy ging mit ihr Richtung Schwimmbecken. Er legte den Arm um sie. Ich sah den beiden nach und zwei Gedanken gingen mir durch den Kopf: 1. ein schönes Paar 2. schade, dass ich nicht an ihrer Seite bin.

Anita war an meiner Seite und hatte einen hässlichen dunkelroten Badeanzug an. Ich war ihrer überdrüssig und dachte, dass die Sache ein Ende finden müsse. Ich scheute mich aber davor, ihr weh zu tun. Komischerweise schien sie sich nichts daraus zu machen, dass ich mich bei ihr nur auf Händchenhalten und ein gelegentliches Küsschen beschränkte. Da wir uns ohnehin meistens nur in der Clique trafen, war dies auch nicht so schwierig. Ich vermied es tunlichst, mich mit ihr alleine zu treffen.

Nach den Sommerferien jenes Jahres kam ich in die Oberstufe auf dem Gymnasium. Es waren wirklich neue Zeiten, die Pauker fingen an, einen zu siezen, nachdem sie einen vor den Sommerferien noch fertig gemacht hatten.

Es gab für die frischgebackenen Oberstufenschüler noch weitere Neuerungen. Wir durften jetzt während der großen Schulpausen das Schulgelände verlassen oder den Raucherhof benutzen. Dies war ein extra Schulhof für die Nikotinjünger unter uns. Ich bevorzugte die Möglichkeit, das Schulgelände zu verlassen. In der Nähe unseres Gymnasiums befand sich eine kleine Bäckerei, die nicht nur von uns gern angenommen wurde, sondern auch von den Girls des benachbarten Mädchengymnasiums. Für einige war dies bereits die Gelegenheit ihre Freundinnen auch in der Schulpause zu treffen und ein Küsschen auszutauschen.

Einige in meiner Klasse begannen nun so richtig den Streber rauszuhängen, weil, das Ziel hieß Medizinstudium, und davor war die Hürde Numerus clausus. Diese Fraktion aus Bodos und Konstantins war nun echt darum bemüht, sich das Leben mit Lernen und Büffeln so richtig zu versauen, und riss während des Unterrichts nicht nur die Mitarbeit, sondern auch sämtliche freiwillig zu vergebenden Arbeiten an sich. Der Mehrheit in der Klasse war das Recht, dass wir uns nicht um die Vergabe von Referaten und Hausarbeiten prügeln mussten. Und weil es sich so gehört, waren die Streber auch diejenigen, die sich ordnungsgemäß bei einer Renommiertanzschule anmeldeten. Die Schulpausen benützten sie dazu, ihre völlig bescheuerten Tanzschritte zu üben. Die paar richtigen Freaks, die noch in der Klasse übrig geblieben waren, konnten darüber nur süffisant grinsen.

In der Schule war ich dabei, in der Haarlänge meine Mitschüler zu übertreffen. Die Lehrer meinten zwar, ′lange Haare, kurzer Verstand′, oder ′mit der Mähne, da kommst Du nicht weit′, oder auch ′lange Haare ja, aber Rechnen, das kann er nicht′.

Wir gewöhnten uns an diese Paukerkommentare. Unser völlig ausgeflippter Musiklehrer behauptete sogar, die

Beatles hätten nur Perücken getragen, das sei alles gar nicht echt, usw. Auch bei unserem Outfit hatte sich einiges geändert. Die Cordjeans wurden unten immer weiter, die Hemden bunter und poppiger. Im Sommer trug ich weiße Turnschuhe, die ich mit Peace-Zeichen und den Namen meiner Lieblingsbands verzierte.

Die ungeliebte Affäre mit Anita löste ich wenigstens auf elegante Art und Weise. Ich hatte bemerkt, dass sich mein Mitschüler Stefan für sie zu interessieren begann. Ich förderte nach Kräften Kontakte zwischen den beiden und tat, als bemerke ich die Annäherung nicht. Und wirklich, die Sache funktionierte: es dauerte nicht allzu lange und der Trottel fragte mich doch tatsächlich, ob ich noch an Anita interessiert sei. Ich zögerte anstandshalber ein wenig und erklärte ihm dann großzügig, dass ich seinem und Anitas Glück selbstverständlich nicht im Weg stehen wollte. Glücklich zog er von dannen mit Anita an der Hand.

Einer unserer Treffpunkte am Abend war auf der Bude von Fritz. Fritz war einige Jahre älter als wir und hatte eine affengeile Bude. Klein, aber mein. An den Wänden hingen bunte Lämpchen um Bilder von Heiligen und indischen Gurus. Ringsum auf dem Fußboden lagen Matratzen. In einer Nische in der Ecke stand eine kleine Buddha Statue. Davor brannten fast immer Räucherstäbchen.

Nachdem Fritz Kräutertee gekocht hatte, hörten wir Pink Floyd, Popol Vuh, Tangerine Dream, Vanilla Fudge. Und natürlich Iron Butterfly. Es war bei „In-A-Gadda-Da-Vida", als ich ein komisches Erlebnis hatte. Wir hatten einen durchgezogen und saßen auf den Matratzen. Mit der

Musik begann ich zu schweben, ich verließ meinen Körper und schwebte an der Decke. Ich sah meinen Körper auf der Matratze sitzen im Kreis bei den anderen. Es war schon komisch, faszinierend und angsteinflössend zugleich. Ich weiß nicht mehr, wie lange es gedauert hat, bis ich wieder in meinen Körper zurückkehrte, jedenfalls schwebte ich langsam wieder nach unten, in meinen Körper hinein.

Stardust

„I`m going to join in a rock´n´roll band, I´m going to camp out on the land, I´m going to try and get my soul free."(Joni Mitchell / Crosby, Stills, Nash & Young - Woodstock)

Wir unterhielten uns oft darüber, welche Art von Musik „kommerziell" sei. Wir waren der Ansicht, dass die Bands, die ihre Musik machten, ohne sich von ihren Plattenfirmen Vorschriften machen zu lassen, die eigentlichen Stars waren. Diese hatten es dann auch verdient, kommerziell erfolgreich zu sein. Und genau diesen wollten wir nacheifern. Natürlich hatte keiner von uns eine Ahnung, welche Bands tatsächlich zu dieser Kategorie zählten, wir nahmen einfach an, dass unsere Lieblinge dazu gehörten. Diesen Traum träumten auch wir, und so erwarteten wir nichts anderes, als große Rockstars zu werden; insbesondere, weil diesen die Mädels in Scharen zu Füssen liegen ...

Irgendwann beschlossen wir deshalb, eine Band zu gründen. Volker schrammelte damals schon auf einer alten Wanderklampfe herum, ich entschied mich klarer Weise für die Trommeln. Ich hatte ja bereits früher Erfahrungen gesammelt, als ich mit Kochlöffeln auf Waschmitteleimern herumtrommelte, während mein Klassenkamerad Stefan seine E-Gitarre an unser altes Radio angeschlossen hatte. Ja, es war genau der, an den ich Anita losgeworden war.
    Der Bleiche spielte Bass. Eigentlich hieß er Richard, aber alle nannten ihn so, weil er nicht nur unendlich lang und

dürr, sondern auch extrem blass war. Der Bleiche war sofort Feuer und Flamme für unseren Plan. Damit war das Trio „Stardust" geboren, das sich nunmehr aufmachte, Ruhm, goldene Schallplatten und Groupies zu sammeln ...

Ich überredete meinen Vater zu einem zinslosen Kredit und kaufte mir ein gebrauchtes Schlagzeug. Ich schaffte das Teil in den Keller und baute mein Tonband dazu auf. Dann begann ich mit dem Versuch, zu Black Sabbath zu trommeln. So fing es an. Es dachte keiner von uns daran, ein Instrument richtig zu lernen, denn improvisieren, Spaß haben, sich selbst verwirklichen, das stand im Vordergrund. Im Heizungskeller machten wir die ersten Sessions, mit einem grauenhaften Sound, mit vielen Spielfehlern, aber ebenso viel Spaß waren wir bei der Sache. Volker machte die ersten Kompositionen, Texte begann ich erst später zu schreiben. Ich konnte am besten English von uns und hatte wohl auch die besten Depris, um zu texten..

Trotzdem fühlten wir uns großartig. Wir waren mit die ersten, die bei uns im Dorf eine Band gegründet hatten. Längst galten wir bei allen als die Hascher, die Freak Brothers, die Hippies, die Langhaarigen, die Gammler usw. je nach Alter und Standpunkt. Die Matte war inzwischen ganz gut gewachsen, bei mir bis über die Schultern, bei Volker zu einer Hendrix-Mähne. Das erste Projekt benannten wir nach langen Diskussionen und etlichen Jägermeistern „Star Dust", weil dies unsere Hoffnungen zu verkörpern schien und natürlich inspiriert von der entsprechenden Textzeile im Song Woodstock: „we are stardust, we are golden ...."

Volker war scharf darauf, so schnell wie möglich einmal aufzutreten. Schon wenige Wochen nachdem wir im Probekeller begonnen hatten, schaffte er es, für uns eine Auftritts-möglichkeit zu organisieren. Es war ein Sonntagnachmittag an dem der Gig im Jugendclub stattfinden sollte.

Ich konnte vor Aufregung mittags nichts essen. Es gab auch allen Grund dazu, wir konnten ja kaum die Instrumente bedienen, und die paar Songs, die wir einstudiert hatten, gaben natürlich auch nicht viel her. Ich takelte mich für den Auftritt mit meinem roten T-Shirt mit den schwarzen Sternen und einer schwarzen Cordjeans.

Die Minuten schlichen dahin, bis endlich Fritz mit seinem alten VW-Käfer aufkreuzte und wir mein Schlagzeug in die Kiste verladen konnten. Als wir bei dem Clubraum, wo der Auftritt starten sollte, ankamen, waren meine Mitstreiter und noch ein paar freiwillige Helfer bereits vor Ort. Wir tranken zur Einstimmung erst einmal eine oder zwei Runden Jägermeister. Danach begannen wir mit dem Aufbau der zusammengestückelten Anlage und der Instrumente.

Bis wir fertig damit waren und das Volk einzutrudeln begann, hatten wir noch mehrere Runden Jägermeister nachgelegt, so dass wir jetzt bestens motiviert und der Angstpegel reduziert war.

Wir warteten vor dem abgedunkelten Clubraum und ließen unser Intro laufen. Dies war immerhin ziemlich genial. Der Bleiche hatte im heimischen Garten den Vogelgesang aufgenommen und anschließend hatten wir das Ganze mit einer Kirchenorgel aus der Konserve unterlegt. Dies war wahrhaft ein Pink Floyd würdiger Auftakt, ohne Zweifel.

Dann stürmten wir die kleine Bühne und legten los. Hauptsache wir waren laut. Zumindest für den relativ kleinen Clubraum war das der Fall. Immerhin schafften wir es, einige Fans zum Schütteln des Kopfhaares und anerkennendem Beifall zu bewegen; die Foxtrott-Fraktion des Dorfes hatte unseren Auftritt ohnehin weitgehend boykottiert.

Nach dem Auftritt ging die Band mit den treuesten Anhängern natürlich in die nächste Kneipe einen saufen.

Selbstverständlich gingen wir unseren Auftritt minutiös noch einmal durch und sparten nicht mit Selbstkritik. Vor allem „Hendrix" Volker war stinke sauer: „Was habt ihr denn heute für einen Scheiß zusammengespielt?" Er meinte damit mich und den Bleichen. „Wieso? Wir haben doch genau gespielt, was wir geübt haben!" konterten wir wie aus einem Mund. Und so ging es weiter, jeder tatsächliche oder vermeintliche Fehler wurde durchgekaut. Schließlich waren wir uns aber dann doch einig, dass wir zurück in den Probekeller mussten, um mehr zu üben, bevor wir uns wieder an die Öffentlichkeit wagen würden. Auch wenn diese ja zu 90% aus Idioten und Banausen bestand. Feierlich besiegelten wir diesen Beschluss mit einer Runde Schnäpsen.

Lord of this world

„You're searching for your mind don't know where to start, can't find the key to fit the lock on your heart" (Black Sabbath - Lord of this world)

Eines Abends war ich mit Volker und dem Bleichen im Dorf unterwegs, als wir auf Benno trafen. Benno war ein großer, kräftiger Typ mit langen Haaren und Bart, etwas älter als wir. Er war etwas komisch unterwegs an diesem Abend. Als wir ihn fragten, was los wäre, sagte er: „Völlige Scheiße. Ich hatte keinen Bock mehr auf die idiotische Lehre und habe meine Lehrstelle gekündigt. Jetzt haben mich meine Alten 'rausgeschmissen. Ich weiß nicht mal, wo ich heute Nacht pennen soll". Wir überlegten, was wohl am besten zu tun wäre. Da fiel uns ein, dass es im Dorf eine Kommune gab. Diese war bei den Erwachsenen ziemlich skandalumwittert. Die Alten sagten immer, dass das alles „Haschbrüder" und „Gammler" wären. Sie hausten in einer alten Schreinerei und es standen immer abgewrackte Autos vor der Tür. Wir machten uns also mit Benno auf die Socken zur Kommune. Wir schlichen uns auf den Hof der Werkstatt, sahen aber niemanden. Also gingen wir ins Haus, die Türe stand offen. Unten links befand sich ein großer Raum, der als Küche diente. Dort saß ein langhaariger Typ mit einer Zigarette. Wir schilderten ihm das Problem mit Benno. Er meinte: „ein paar Tage kannst Du schon hier bleiben, wir haben oben noch eine Matratze frei. Dann musst du aber sehen, dass du weg bist, denn dann kommt der Typ, dem die Bude gehört, aus Berlin zurück". Benno nahm das Angebot dankend an und der Bleiche schenkte ihm noch 10 Mark für das Gröbste.

Unsere Sonntage wurden nun etwas ganz besonderes. Nachdem wir den Kirchgang sabotiert hatten, begannen wir mit unserer Form von Heimatkunde. Da unser Bassmann bereits ein Auto hatte, machten wir mit ihm unsere Sonntagsausflüge in die nähere oder weitere Umgebung. Wir fuhren kreuz und quer durch die Gegend, manchmal hunderte von Kilometern. Es gab immer etwas zu Lachen, wenn wir im Auto beim Ampelstop Luftgitarre spielten und den Mädels am Straßenrand zuriefen. Manchmal stürmten wir ein Cafe in irgendeinem Dorf. Das gab immer großes Aufsehen, wenn die Langhaarigen auftauchten und ganz spießig am Sonntag Nachmittag ihren Kuchen verzehrten. Wir fühlten uns großartig ob des Aufsehens, das wir erregten, und das schweißte uns nicht zuletzt auch als Star Dust zusammen.

Wir entwarfen Pläne, wie es sein würde, wenn wir erst 18 wären. Wir würden einen alten VW-Bus kaufen, die Anlage und Instrumente einladen, und von Dorf zu Dorf, von Auftritt zu Auftritt fahren und in das Leben als Rockstars hineinwachsen ...

Bei einem dieser Ausflüge entdeckten wir das alte, kleine Weindorf mit der Burg oben auf dem Berg und der dazugehörigen Jugendherberge. Es war einfach schön dort und in der Jugendherberge gab es meistens Girls. Volker hatte stets seine Akustikklampfe dabei und legte los. Im Nu hatte er sein Publikum um sich versammelt. Am meisten flippte er selbst über seine Musik aus.

Unter der Woche waren Volker und ich nachmittags meist mit dem Fahrrad unterwegs. Er hatte die Klampfe umgeschnallt, ich hatte die Bongo Trommeln dabei. Wir setzen uns am Flussufer auf eine Wiese und spielten drauf los. Auch Benno war öfter dabei. Es war dort einfach noch so herrlich ursprünglich, mit den tiefherabhängenden Zweigen der Trauerweiden, den urigen, unterspülten Baumwurzeln, dem Schilf, dem Vogelgezwitscher und dem Geruch des Flusses.

Auch waren wir dort meist ungestört, da sich Wochentags selten jemand dort aufhielt. Die Atmosphäre in dieser Umgebung brachte uns auf spezielle Gesprächsthemen. Die Atmosphäre war dazu angetan, über die Natur, über uns, das Leben, das Leben nach dem Tod, über Gott und die Welt halt nachzudenken. So entwickelte sich dieser Touch von Spiritualität, ein Hang zum Übersinnlichen.

Manchmal setzten wir unsere Gespräche noch nach Einbruch der Dunkelheit an einem anderen Ort fort, nämlich auf dem Friedhof. Wir schlichen uns heimlich dorthin und fanden einen wunderschönen Platz, dort wo unter alten hochaufragenden Kastanienbäumen eine Bank stand. Wir saßen in der Dunkelheit und Stille auf der Rückenlehne der Bank und diskutierten über den Sinn des Lebens und ob es einen Gott gibt. Volker sagte: „Das ist doch alles Quatsch mit Gott. Wo soll der denn sein? Bis jetzt hat in keiner gesehen! Und überhaupt, dass mit der Seele, das ist auch so ein Unsinn. Wenn du den Körper aufschneidest, wo ist sie denn? Du hast ein Herz und ein Gehirn, aber wo bitte ist die Seele?" „Vielleicht haben wir einfach noch nicht die Möglichkeit all das zu messen und nachzuweisen" antwortete ich. "Es gibt sicherlich mehr Dinge zwischen Himmel und Erde, die wir nicht wahrnehmen können, an die wir derzeit nur glauben können, ohne sie nachzuweisen." In dieser Weise ging es manchmal stundenlang weiter. Wenn die Seelen der Verstorbenen um uns waren, was hätten sie uns wohl zu sagen gewusst?

Es war eine wirklich spezielle Atmosphäre auf dem nächtlichen Friedhof. Für mich passten diese Erlebnisse bestens zu meiner sich verdüsternden Seele und ich begann zunehmend die dunklen Seiten zu erforschen. Und dazu passte die Musik von Black Sabbath und Pink Floyd.

Und ich begann, Edgar Allan Poe zu lesen. Das war der richtige Stoff für mich. Ich verbrachte die halbe Nacht über diesen Büchern, die mich begeisterten. Sagte der unglückselige Autor nicht auch `all that we see and seem, is but a dream within a dream?´ So fühlte ich mich zeitweise auch, in einem Traum innerhalb eines Traums, der irgendwann zu Ende sein müsste. Der regelmäßige Gebrauch von Dope hatte den Träumer in mir mehr zum Vorschein gebracht. Ich konnte oft stundenlange Tagträume vor mich hinspinnen. Gleichzeitig wurden aber die Sinne geschärft, insbesondere auch das Musikhören. So stellte ich manchmal fest, dass ich gewisse Dinge im berauschten Zustand zum ersten Mal auf einer Platte hörte. Beim bewussten Hören im Normalzustand entdeckte ich dann, dass diese Elemente tatsächlich auf der Platte zu hören waren. Ein ideales Terrain für solche Entdeckungen war Ummagumma von Pink Floyd ....

Stardust hatte inzwischen Verstärkung durch einen zweiten Gitarristen erhalten, einen Schulkameraden von Volker und Namensvetter von mir. Werner hatte das Geld, um sich eine gescheite Anlage zu kaufen, was wohl der Hauptgrund war, warum Volker ihn angeheuert hatte. Nichts desto weniger war er ein netter Typ und so bestand die Band nunmehr aus vier Mitgliedern. Immerhin hatten wir dadurch eine richtige Marshall Verstärkeranlage. Marshall musste es schon sein, denn wer etwas auf sich hielt, hatte eben eine solche Anlage.

Wir hatten uns mit Dieter noch einen Techniker zugelegt, der bei unseren Proben ständig mit einem Lötkolben herumfummelte und irgendwelche Kabel lötete. Keiner von uns hat so recht begriffen, was er da eigentlich immer machte; jedenfalls war er stundenlang mit diesen Dingen beschäftigt. Außerdem baute er uns so etwas wie einen Synthesizer für arme Leute, dem man außer ein paar sehr nach Strom klingenden Tönen nicht viel entlocken konnte. Dennoch, der Sound war damit elektronisch aufgemotzt.

Im Proberaum tauchte stets allerlei Volk auf, die einfach dabei sein wollten. Manchmal dachte ich mir, dass einige nur gekommen waren, um den Getränkevorrat zu plündern. Ich glaubte auch nicht, dass die Mädels, die ab und zu aufkreuzten wegen unserer Musik kamen.

So nach etwas mehr als einer Stunde Probedauer erwachte in Volker unweigerlich der Geist von Jimi Hendrix und er fuhr dann so total auf seine Gitarrensoli ab, dass keiner mehr mitkam. Er stellte sich vor die Box und produzierte Rückkopplungen, er knallte die Gitarre auf den Fußboden, er zerrte wie ein Irrer an den Saiten. Es war manchmal so erbärmlich, dass der Rest der Band aufhören musste. Dies und sein immer diktatorischer werdendes Gehabe führten schließlich zu solchen Auseinandersetzungen mit dem Bleichen, dass dieser quasi den Bass hinschmiss und die Band verließ. Er hatte die Schnauze voll. Er schickte uns eine Urlaubskarte aus London auf der er von sich als Session Musiker und von einem gemeinsamen Auftritt mit uns in der Royal Albert Hall schrieb ...

Und somit waren wir wieder nur noch ein Trio, das bald zum Duo mutierte, weil mein Namensvetter kurz darauf ebenfalls seinen Ausstieg verkündete.

A Strange kind of woman

"There once was a woman, a strange kind of woman"
(Deep Purple – A strange kind of woman)

There once was a woman, a strange kind of woman..´ , die Deep Purple Single brachte es auf den Punkt, wir lernten ein paar very strange women kennen.

Da war einmal Karin. Sie war eine wirkliche Schönheit, ihr Bruder war in der Volksschule bei mir in der Klasse gewesen. Karin tauchte irgendwann bei uns im Jugendclub auf. Wir veranstalteten am Wochenende ab und zu Tanzpartys, um etwas Geld für die Clubkasse zu beschaffen, was mit Billigung des Pfarrers geschah. Karin tauchte zu diesen Partys auf. Irgendwann befand ich mich mit ihr auf der Tanzfläche und es lief just dieser Deep Purple Song. Sie machte sich an mich ran, wir verzogen uns in eine Ecke und knutschten ein bisschen herum.

Wir verabredeten uns für den nächsten Tag und ich nahm Karin mit zu Volker, der zu diesem Zeitpunkt wieder mal eine sturmfreie Bude hatte. Unser Freund George war auch noch mit dabei. Wir saßen zu viert auf dem Sofa, Karin rechts von mir, daneben Volker. Wir begannen wieder ein bisschen rumzuknutschen, jedoch fing Volker gleichzeitig an, an ihr herumzufummeln, was sie zu meiner Überraschung geschehen ließ. Sie begann daraufhin plötzlich abwechselnd Volker und mich zu knutschen, während George zuguckte. Volker befummelte sie weiter, griff ihr unter den Minirock und zog ihr den Slip runter. Sie ließ sich das noch eine Weile gefallen, stöhnte auch ein bisschen, bis sie plötzlich aufsprang und rief: „So, Schluss jetzt damit!" Während sie in Seelenruhe wieder ihre Klamotten zurecht rückte, waren wir drei Kerle dann doch etwas verwirrt. Vor allem wussten wir nicht, was wir mit den Beulen in unseren Hosen machen sollten. Einer schlug daher zur Entspannung der Situation einen gemeinsamen Spaziergang vor, was alle in Ordnung fanden. Ich empfand die ganze Situation irgendwie merkwürdig, wusste quasi nicht, ob ich jetzt lachen oder weinen sollte. Ich entschloss mich folgerichtig für den Blues.

Wir kamen später dann auf unserem Rundgang bei Fritz vorbei und besuchten ihn auf seiner Bude. Er bat uns herein und wir hörten ein wenig Musik. Karin fing an, sich mit Fritz ganz intensiv zu unterhalten. Es dauerte auch nicht lange, dann hatte sie ihn in der Mache, rutschte ihm auf den Schoß und begann mit ihm zu knutschen. Jetzt schauten wiederum wir ziemlich belämmert drein. Das konnte doch alles gar nicht wahr sein, wie dieses Mädel sich an einem Tag zum Wanderpokal entwickelte! Zum Abschluss dieses strange kind of woman Tages fuhr Fritz unser Girl mit seinem Auto nach Hause; wir saßen eher bluesig auf dem Rücksitz. Fritz und Karin waren dann tatsächlich für einige Wochen zusammen. Volker, George und ich waren dagegen leer ausgegangen. Irgendwie verstand ich diese Welt nicht richtig.

Nachdem die Geschichte mit Fritz beendet war, verschwand Karin ganz plötzlich. Erst Jahre später traf ich sie einmal zufällig in der Stadt. Sie erzählte mir, sie sei mit einem anderen Typen damals für einige Zeit nach Amsterdam gegangen. Näheres wollte sie nicht sagen. Jetzt sei sie aber wieder da. Danach habe sie nie wieder gesehen ...

Birgit war eine Cousine von Volker. Sie war nicht unbedingt eine Schönheit, aber ganz okay. Volker und ich waren wieder einmal gemeinsam unterwegs und trafen am frühen Abend auf Birgit. Da sie ja praktisch gegenüber zu Hause war, schleppten wir sie zu Volkers Opa. Dieser hatte sich frühzeitig ins Bett verzogen, so dass wir das Wohnzimmer für uns hatten. Wir machten ein paar Flaschen Bier auf, wovon jedoch nur Volker und ich besoffen wurden, während sie wohlweislich mit dem Trinken zurückhaltend war oder sich zumindest gut unter Kontrolle hatte. Da wir sie weder zum saufen noch zu sonst etwas überreden konnten, beschwatzten wir sie, in die Küche zu gehen und uns was zum Essen zu machen. Sie machte das tatsächlich und kam mit Rühreiern an. Diese waren gewaltig versalzen, jedoch der Hunger zwang es rein. Obendrein leerten wir noch die eine oder andere Flasche Bier dazu. Birgit verabschiedete sich danach ganz formlos, während ich mich mit meinem angesäuselten Kopf erst mal ein wenig auf die Strasse setzte (es war eine sehr ruhige Strasse, mit wenig Verkehr). Volker guckte auf der einen Seite zum Fenster raus, Birgit auf der anderen Straßenseite. Wir palaverten noch ein wenig herum, bis ein Auto kam und ich mich dann endlich aufraffte um nach Hause zu gehen.

An einem anderen Abend schleppte Volker dann Martha an. Sie war keine unbedingte Schönheit und schon gar nicht mein Geschmack. Nun gut, war ja Volkers Problem nicht meins. Wir machten zu Dritt einen Spaziergang, es war ein warmer Sommerabend und wir schlenderten ein bisschen durch den Wald. Es war ziemlich dunkel, man konnte aber durch die Bäume noch die Lichter der Häuser sehen. Wir setzten uns auf eine Bank am Weg. Da wir nichts zum paffen dabei hatten, fing Volker an, Martha zu befummeln. Er bot mir einen Blick auf ihre Äpfelchen an, aber ich hatte keinen Bock darauf, eine solche Geschichte wie bei Karin zu wiederholen.

Ich setzte mich von den beiden ab und ließ sie gewähren. Ich fand das ganze sehr merkwürdig und musste unserem gemeinsamen Freund Benno zustimmen, der immer sagte, er verstehe die Weiber nicht. Ich schlenderte also ein wenig in der näheren Umgebung herum und hing meinen Gedanken nach. Was sollte ich auch tun? Außerdem hatte ich diese aberwitzige Idee von der Traumfrau im Kopf. Ich musste ihr einfach irgendwie begegnen. Aber wo? Und was würde ich ihr sagen? Es fiel mir nichts ein und so machte ich kehrt und ging zu den beiden anderen zurück. Sie waren mit dem, was immer sie gemacht hatten fertig, denn sie saßen brav auf der Bank nebeneinander und alberten herum. Nun gut, die Geschichte zwischen Volker und Martha ging auch nicht lange und so waren wir schließlich doch wieder vereint beim Blues.

Verrückterweise schien ich gerade bei molligen Mädels echte Chancen zu haben, obwohl – oder gerade weil – ich mir nichts aus ihnen machte. So interessierte sich eine gewisse Marlies für mich, die sich in die Fangemeinde unserer Band eingereiht hatte – obwohl ich sicher bin, dass sie unsere Musik hasste - und tauchte immer wieder zu unseren Proben auf. Besonders interessierte sie sich für mein Schlagzeug. Ständig meinte sie, sie müsste auf meinen Trommeln und Becken herumhauen. Dazu sang sie auch „heute hauen wir auf die Pauke ...“

Es war wirklich zum Haare ausraufen, immer erwischte ich solche Verehrerinnen. Ich ignorierte ihr Interesse an mir auch deshalb, weil ich zunächst einmal gar nicht auf die Idee gekommen wäre, dass sie mich anmachen will. Durch mein beharrliches Desinteresse ließ sie sich dann doch abschrecken und gab auf. Von da an erschien sie nicht wieder im Probekeller.

Ein weiterer Problemfall war Evi, sie war zwar nicht klein und pummelig, dafür groß und – na ja – kräftig. Sie hatte zum Dunstkreis von Isabel gehört. Gottlob zeigte sie keine Begeisterung für mich. Sie war irgendwann in unserem Jugendclub aufgetaucht und ließ sich von allen möglichen Typen im Heizungskeller begrapschen, bis der Pfarrer sie eines Tages einmal mit meinem Kumpel Willi erwischte und nebenbei bemerkte: „Natürlich, Evi, du bist auch wieder dabei ..." Die Gute war demnach kein unbeschriebenes Blatt in dieser Hinsicht.

Welcome to my nightmare

"You are like poison running within my veins" (Alice Cooper- Poison)

Irgendwann war Alice Cooper bei uns bekannt geworden. Bei unserem Freund George muss Alice einen enormen Eindruck hinterlassen haben. Er hatte seit neuestem einen eigenen Raum im Keller des Hauses. Als ich ihn zum ersten Mal dort besuchte, traf mich wirklich der Schlag: er hatte sich einen stilgerechten Alice Cooper Keller eingerichtet. Alles ziemlich düster gehalten, die Krönung war jedoch die an einem richtigen Strick aufgehängte Puppe.

George's Vater war die Sache wohl nicht so ganz geheuer, denn kaum hatte ich mich auf eines der Polster geschmissen, die George an der Wand hingestellt hatte, da tauchte auch schon sein alter Herr auf. Bei dem galt ich wohl noch als so eine Art Vertrauensperson, da ich aufs Gymnasium ging, während sein Sprössling gerade begann, eine Lehre als Automechaniker zu absolvieren. Zielstrebig steuerte Vater George auf den entscheidenden Punkt zu: Ihr nehmt doch Rauschgift!

Zack, da war es raus. George und ich machten wohl einen etwas verwirrten Eindruck, doch dementierte ich das ganze gleich energisch. Wir sind nur Musikfans und das ganze drum herum, das mit den Bildern, den Kerzen und na ja, die unsägliche gehängte Puppe, das ist doch nur Show. Rein vorsorglich kündigte Mr. George senior an, dass er seinen Junior totschlagen würde, wenn er diesbezüglich etwas herausbekäme, und im übrigen könne ich ja wohl ähnliches von meinem Alten erwarten, wenn da was dran wäre.

Der Witz an der Sache war, dass George zu diesem Zeitpunkt gerne ein Rauschgiftjünger gewesen wäre und auf Teufel komm raus mit mir zu den üblichen Verdächtigen wollte. Zum Zeitpunkt der Anklage war er also quasi unschuldig, während ich ordentlich in der Sache drin steckte.

Auf jeden Fall war die Stimmung an diesem Samstagnachmittag eindeutig getrübt, und ich beschloss, meinen Freund Reinhold auf ein Pfeifchen zu besuchen. George wollte sich trotz der ermutigenden Ansprache seines Vaters nicht abschütteln lassen und ich nahm ihn mit. Ich weiß nicht was es war, aber irgendwie muss Reinhold an dem Tag eine Eingebung gehabt haben. Während er mich in seine Bude ließ, schmiss er George raus. Er brummelte dabei noch irgendwas in dem Sinne, er wolle keine Bullen auf dem Hals haben.

George trabte also von dannen, während wir eine gepflegte Pfeife rauchten und Reinholds Lieblingsplatte 'Electric Ladyland' hörten.

In einem Nachbardorf wurde irgendein Fest gefeiert, irgendein Jubiläum, Jahrestag oder so was. Auf jeden Fall veranstalteten sie auch ein Rockkonzert. Ich fuhr mit Volkers großem Bruder und noch einigen anderen hin. Das Konzert fand in einem großen Festzelt statt. Es waren nur deutsche Bands. Wir hatten es uns gerade auf unserer Decke gemütlich gemacht, als ein paar Amis zu uns kamen und fragten, ob wir eine Pfeife dabei hätten. Volkers Bruder erinnerte sich, dass er eine im Handschuhfach im Auto hatte.

Ich erklärte den Amis, dass er eine Bowl holen könne. Sie waren begeistert, und nachdem Ludwig die Pfeife geholt hatte, zogen wir gemeinsam mit den Amis einen durch. Nach einer Weile konnte ich nicht mehr ruhig am Boden sitzen, sondern lief nach vorne.

Zu irgendeinem Zeitpunkt stand ich dann auf der Bühne direkt neben dem Drummer, dem ich genau auf die Hände und Füße guckte. Diesen schien das nicht zu stören, im Gegenteil, er freute sich über mein Interesse. Die Musik war ziemlich abgedreht, die Band hatte wohl Probleme mit der Anlage, und der Keyboarder fehlte. Ich kaufte mir trotzdem ein paar Tage später ihre Platte.

Während dieses Sommers war Volker dann praktisch über Nacht verschwunden. Er war mit seinem großen Bruder und noch einigen anderen an die holländische Nordseeküste in den Urlaub gefahren.

Wir daheim gebliebenen mussten uns die Zeit anderweitig vertreiben. Benno hatte sich zeitweise bei anderen Leuten einquartiert. Da er chronisch ausgehungert war, tauchte er abwechselnd bei verschiedenen Leuten auf, um sich mal durchzufressen. Da er aber sonst eine netter Kerl war und auch recht unterhaltsam, nahmen wir es schon mal in Kauf, dass die eine oder andere Cola-Flasche im Handumdrehen leer war oder auch der Kühlschrank geplündert wurde.

Mitten im Wald an der Verbindungsstrasse zwischen unserem Dorf und der Nachbargemeinde gab es eine Kneipe. Ich erinnerte mich, dass diese zur Zeit meiner Kindheit mal eine recht beliebte Ausflugskneipe gewesen war. Die Beiz′ hieß nach dem Märchen ′Hänsel und Gretel′, wohl weil mitten im Wald gelegen. Inzwischen gab es dort tatsächlich eine recht ansehnliche Gretel, die das Töchterchen der derzeitigen Pächter war. Irgendwie hatten wir mal dort mit dem Auto angehalten, um etwas zu trinken, und unser Freund Reinhold hatte sich in diese Gretel vernarrt. Wir fuhren in diesem Sommer nun öfter dorthin, weil es da nicht nur die hübsche Gretel sondern auch wohlschmeckende Fruchtweine, wie Heidelbeer- oder Erdbeerwein gab. Darauf spezialisierten wir uns in der folgenden Zeit und Reinhold gewann für eine Weile die Gunst der schönen Gretel. Reinhold kostete diese Geschichte den Führerschein, weil er bei der Gretel einige süße Weine zuviel getrunken hatte und auf der Rückfahrt von den Grünen erwicht worden war.

Von da an pilgerten wir zu Fuß durch den Wald zu der Kneipe, wobei sich herausstellte, dass sich der Weg nicht nur in der Kindheit ordentlich dahinzog. Dafür war der anschließende Durst um so größer. Den Rückweg bewältigten wir dann auf der Strasse, die sich im dunklen Wald als helles Band vor uns hinstreckte.

Echoes

„.. and do I take you by the hand and lead you through the land and help me understand the best I can.. "(Pink Floyd - Echoes)

Für mich war es das Jahr von Meddle und die Pink Floyd LP klebte auf meinem Plattenteller. Echoes war mein absoluter Lieblingssong, ganze 23 Minuten und 16 Sekunden lang.

Und der Schuljahresbeginn stand im Zeichen der Vorbereitungen für die große Klassenfahrt. Ich hatte mich natürlich für London entschieden, da ich unbedingt ´swinging London´ sehen wollte.

Mein Freund Volker blieb verschollen, er hatte die Schule aufgesteckt und war noch in Urlaub, wie ich später erfuhr.

Meine Hoffnungen bezüglich Christine hatte ich längst aufgegeben und so hatte ich mich in Sandra verliebt. Ich hatte sie schon öfter mal im Jugendclub gesehen. Sandra entsprach deutlich besser meinen abstrusen Vorstellungen von Traumfrauen. Sie hatte dunkle, schulterlange Haare - kürzer als meine - dunkle Augen, und sehr weibliche Rundungen. Außerdem war sie sehr agil und lebhaft. Ich hatte sie öfter mal mit einem Typen gesehen, den ich nicht kannte, also nahm ich an, sie sei vergeben.

An einem Sonntag veranstaltete der Jugendclub wieder mal eine der obligatorischen Tanzpartys. Als aktives Mitglied hatte ich die ehrenvolle Aufgabe, am Eingang die Eintrittsgelder zu kassieren. Ich hockte mich also mit meiner

Kassenbox bewaffnet an den Tisch am Clubeingang. Außerdem durfte ich jedem, der korrekt Eintrittsgeld bezahlt hatte, einen geschmackvollen Stempel mit der Aufschrift „bezahlt" auf die Hand oder wo er oder sie wollte hindrücken. Sandra leistete mir dabei überraschenderweise Gesellschaft. Wir unterhielten uns, sie verschwand ab und zu nach drinnen, wahrscheinlich um eine Runde abzutanzen, während ich vor dem Clubkeller mit meiner Kasse sitzen musste. Sie kam aber immer wieder, brachte mir auch mal eine Cola mit. Fand ich richtig nett. Der Nachmittag entwickelt sich ja richtig gut, dachte ich mir, bis die Rocker auftauchten. Dann war der Spaß vorbei. Ich schätze mal, es waren so gut ein Dutzend Mann. Die ersten zwei oder drei von ihnen, die die Treppe herunterkamen, bezahlten tatsächlich anstandslos ihren Obolus. Dann kam ein junger Wilder mit langen Haaren und Fransenlederjacke, der nicht bezahlen wollte.

Ich erklärte ihm: „tut mir leid, aber ohne zu bezahlen, kann ich dich hier nicht rein lassen. Außerdem wäre das doch unfair den anderen gegenüber, die ordentlich ihren Eintritt bezahlt haben, oder?"

Diese Argumentation meinerseits interessierte ihn nun äußerst wenig und er machte Anstalten, an mir vorbeizurauschen, während seine Kumpane bereits nachrückten. Ich hielt ihn daraufhin an seiner Kutte fest, was eigentlich schon tollkühn von mir war. Er riss sich auch sofort los und schrie mich an: „Fass´ mich ja nicht an, du Wichser! Wenn du das noch mal machst, kriegst du was auf die Fresse!"

Diesem schlagkräftigen Argument wollte ich mich dann doch nicht entgegenstellen, da ich ja zudem Brillenträger war. Also ließ ich ihn laufen und mit ihm die restliche

Bande. Sandra hatte sich tapfer an meiner Seite gehalten und ebenfalls versucht auf den jungen Wilden einzureden. Natürlich erfolglos. Ich verständigte daraufhin einige der anderen 'Clubvorständler', die dann die Vorgänge dem Pfarrer meldeten.

Doch auch die gutgemeinten Worte des Pfarrers interessierten die Jungs von der Rockerbande wenig. Sie hatten sich in der Zwischenzeit bereits über die Bier- und Getränkevorräte hergemacht. Natürlich wollten sie auch die Biere einfach nicht bezahlen. Im Gegenteil, sie wollten vom Bier gestärkt nun auch noch meine Kasse plündern. Der Pfarrer holte daraufhin die Bullen. An einen harmonischen Ablauf des Disconachmittags war nun nicht mehr zu denken. Ich konnte deshalb meinen Posten vorzeitig aufgeben und mich um Sandra kümmern. Ich nahm sie an der Hand und ging mit ihr ins Freie. Wir suchten uns einen Platz auf einer Mauer außerhalb des Jugendclubs, etwas weg vom Geschehen, wo wir aber dennoch die weitere Entwicklung beobachten konnten.

Die Rocker wurden schließlich von den inzwischen eingetroffenen Polizisten rausgeworfen und erhielten Hausverbot. Sie schworen uns blutige Rache und zerdepperten zur Bekräftigung noch ein paar Bierflaschen auf der Straße.

Ich dagegen hielt Sandra in den Armen und wir küssten uns. Ich sah ihre dunklen Augen ganz nahe vor mir und verlor mich darin. Ich schwebte auf Wolke sieben und war verblüfft, wie einfach das gegangen war ...

Ich brachte sie nach Hause und ging dann selbst heim. Ich hockte mich erst mal in die Ecke, um das Geschehen Revue passieren zu lassen. Ich hätte nachmittags beinahe von einem Rocker eins auf die Fresse gekriegt und dann hatte ich plötzlich eine Freundin!

Sandra und ich trafen uns nun täglich auf dem Weg zur Schule, da wir eine große Strecke gemeinsamen Schulwegs hatten. Und noch etwas war bemerkenswert, ich stellte fest, dass Volker eifersüchtig war. Er war wieder aufgetaucht und sah die veränderte Situation. Nachdem er mit seinen Abtastversuchen bei Karin schon einmal Erfolg gehabt hatte, versuchte er es nun bei Sandra mit der gleichen Taktik, mir sie auszuspannen. Aber, er hatte keine Chance! Ich fand das saustark. Ich war plötzlich besser im Rennen als er. Wie ich merkte, konnte er das nur schwer aushalten. Er verhielt sich die nächste Zeit ziemlich seltsam mir gegenüber. Er tauchte kaum noch bei mir auf und hatte plötzlich auch keinen Bock mehr auf spontane Sessions.

Mir war das wurst egal. Ich traf mich nun nachmittags immer mit Sandra. Wir machten gemeinsame Spaziergänge und ich schwebte neben ihr durch unser Dorf. Bei schönem Wetter gingen wir in den Wald um uns ein ruhiges Plätzchen zu suchen, wo wir ungestört knutschen und ich ihr an die Unterwäsche gehen konnte. Unsere Lippen trafen sich, ich hatte ihre schönen dunklen Augen ganz nah vor mir und versank in ihren Tiefen.

Leider stand nun meine Klassenfahrt nach London bevor und das hieß für 8 Tage Abschied nehmen. Es war ein trüber, grauer Sonntag an dem wir uns verabschiedeten. Wir hatten den Nachmittag gemeinsam verbracht und ich musste nach Hause um mein Zeug zu packen, da die Klasse sich in der Nacht am Bahnhof treffen sollte, um mit dem

Zug zu fahren. Mir war ziemlich traurig ums Herz, als sie mich nach Hause begleitete und wir uns zum Abschied küssten.

Ich zog mir den Blues so richtig rein und bei Echoes kullerten mir ein paar Tränen die Wangen hinunter ...

The Streets of London

"Let me take you by the hand and lead you through the streets of London..." (Ralph McTell – The streets of London)

Das wäre mein Wunsch gewesen, jedoch musste ich mit meinen zum Teil echt dämlichen Schulkameraden Vorlieb nehmen. Im Zugabteil ließen sie mich keineswegs vor mich hinpennen und mich im Blues suhlen; im Gegenteil sie palaverten lautstark im Zugabteil herum und warfen mir nasse Waschlappen ins Gesicht. Ich schwor ihnen, mich in London entsprechend zu rächen, aber sie lachten mich nur aus.

So kamen wir nach durchwachter Nacht in Oostende an und auf die Fähre nach Dover. Es herrschte ein starker Wind und damit auch ein entsprechender Seegang, so dass die Fähre ordentlich schaukelte. Außerdem regnete es in Strömen. Wir mussten also drinnen die Überfahrt hinter uns bringen. Die Fähre war tierisch voll, so dass es kein ruhiges Plätzchen gegeben hätte, wo ich mich ein wenig hätte hinhauen können. Ich folgte dem Ratschlag von Mike, der meinte „solange was die Kehle hinunterläuft, kann auch nichts hochkommen." Also schüttete ich mir gemeinsam mit ein paar anderen zur Bekämpfung der Seekrankheit und des Blues ein paar Gläser Alk hinunter. Als wir in Dover ankamen, war ich nicht nur todmüde, sondern mir war auch richtig schlecht. Aber ich war nicht der einzige.

Das Hotel in London sah nur von außen einigermaßen gut aus. Im Inneren war es ein verkommener Kasten mit winzigen Etagentoiletten. Dafür gab es keine Duschen, sondern nur eine Waschecke mit Waschbecken im Zimmer, das ich im übrigen mit 5 anderen teilen musste. Man war also gänzlich ungestört, sogar beim Waschen war man nicht allein. Was ist dagegen schon big brother? Ich war todmüde und verzichtete auf einen Ausgang am ersten Abend. Ich legte mich ins Bett und dachte an Sandra.

Die nächsten Tage spulten unsere Begleitpauker das volle Besichtigungsprogramm ab, so dass ich kaum zum Nachdenken kam. Irgendwann an einem dieser Tage sah ich ein Plakat für ein Konzert von Procol Harum mit Chor und Orchester, das genau in dieser Woche stattfand. Thomas, einer meiner Mitschüler interessierte sich ebenfalls dafür und wir seilten uns vom Rest der Truppe ab, um das Rainbow Theatre zu finden. Wir schafften es tatsächlich nach mehrmaligem Umsteigen mit der Underground und mehrmaligem Nachfragen, das Rainbow zu finden. Wir kriegten von einem Schwarzhändler tatsächlich auch noch 2 Karten für teures Geld. Das Rainbow als ehemaliges Plüschtheater hatte innen eine völlig andere Atmosphäre als unsere unbestuhlten Konzerthallen.

Es war ein genialer Konzertabend, den wir beide anschließend noch bei einer Pizza ausklingen ließen.

An einem der letzten Tage unseres Londonaufenthaltes hatten unsere Lehrer vormittags irgendeine Besichtigung und für nachmittags einen Besuch im Fußballstadion vorgesehen.

Mein Schulkamerad Willi und ich blieben an diesem Tag einfach morgens in unseren Betten liegen, bzw. wir standen viel zu spät auf, um noch die Underground zu erwischen, mit der die anderen unterwegs waren. Wir nahmen zwar die nächste, überlegten uns dann aber, dass wir gar keinen Bock mehr hatten, mit den anderen das Programm durchzuziehen. Willi war erst wenige Wochen vorher mit seinem alten Herrn in London gewesen und kannte sich daher schon etwas aus. Ihm war es genauso wie mir auf den Zeiger gegangen, dass man in unserem Superhotel nicht mal gescheit duschen konnte. Wir tigerten deshalb zu dem Hotel, wo Willi mit seinem Vater gewesen war und schlichen uns dort in eine Etagendusche, d.h. er benutzte die Dusche eine Etage höher als ich. Es war ein angenehmes Gefühl, endlich mal wieder sauber zu sein und die Haare gewaschen zu haben. Ich musste allerdings dann mit nassen Haaren in der Gegend herumlaufen, da es keinen Föhn gab. Jedenfalls hatte uns in dem Hotel keiner bemerkt und so zogen wir wieder ab. Willi entschloss sich, in unser Hotel zurückzufahren und einfach mal in Ruhe zu pennen, da er London ja schon kannte.

Ich machte mich daher auf eigene Faust auf den Weg. Ich besuchte zunächst die Tate Gallery, um mir ein paar Bilder anzusehen und ging dann ins British Museum, Saurierknochen anschauen.

Als ich genug davon hatte, fuhr ich zum Picadilly Circus und hockte mich da hin. Dabei kam ich mit 2 Freaks ins Gespräch, die gerade aus Kanada angekommen waren. Sie suchten irgendwas, wo sie was essen könnten und ich ging mit ihnen mit. Wir suchten uns eine ruhige Ecke im Hyde Park und hockten uns auf eine freie Bank. Auf einmal packten sie den Stoff aus und drehten einen Joint. Ich sagte nicht nein und qualmte mit.

Danach machte ich mich wieder auf den Rückweg zum Hotel, wo ich nicht nur von meinen Fußballschlachtgesänge grölenden Mitschülern, sondern auch von verärgerten Lehrern empfangen wurde, die mir einen ordentlichen Anschiss wegen meiner eigenmächtigen Abwesenheit verpassten.

So war denn die Woche in London flugs zu Ende gegangen und ich hielt es kaum mehr aus vor Sehnsucht nach Sandra. So motiviert, war die Heimreise wesentlich besser zu ertragen. Zwar war die Überfahrt wieder stürmisch, aber da es zumindest trocken war, konnte ich in meinen Parka gehüllt an Deck in der frischen Luft bleiben. Zudem veranstalteten einige meiner Mitschüler einen derartigen Unfug an Deck, dass wir aus dem Lachen fast nicht mehr herauskamen. Dabei spielte auch der Cyder, eine englische Variante von Cidre keine geringe Rolle.

Auch die Zugfahrt von Oostende zurück brachte großen Spaß, als sich irgendein Ausländer mit ins Lehrerabteil gedrängelt hatte und den einen wegen seines Bartes mit 'Du Student?' anquatschte. Wir lachten uns schief darüber.

So gelangte ich müde, aber glücklich wieder nach Hause und freute mich auf eine Woche sturmfreie Bude, da meine Eltern noch eine Woche länger im Urlaub blieben. Als ich an diesem Abend ins Bett ging, schlief ich mit dem Gedanken ein, dass dies eine der schönsten Wochen meines Lebens werden würde. Gemeinsam mit Sandra. Ich ahnte nicht, dass ich schon am nächsten Tag weiter in den Albtraum geraten würde.

Solitude

„O where can I go to and what can I do? Nothing can please me only thoughts are of you. You just laughed when I begged you to stay, I've not stopped crying since you went away..."
(Black Sabbath - Solitude)

Wir hatten den nächsten Tag noch schulfrei und so schlief ich bis in die Puppen. Ich wurde durch die Klingel gegen Mittag geweckt. Bis ich mich aufgerappelt und die Jeans angezogen hatte, war bereits niemand mehr vor der Tür. Zum Glück reparierte bei den Studenten im Nachbarhof wieder mal einer an einem alten 2CV herum. Das war ohnehin deren Hauptbeschäftigung. Es standen mindestens 2 dieser „Enten" immer auf dem Hof und mindestens noch mal 2 waren in Einzelteile zerlegt in der Garage zu finden. Egal, an diesem Tag hatte einer von ihnen - Robert hieß er glaube ich - gesehen, wer bei mir an der Tür geklingelt hatte und rief wild gestikulierend hinter ihr her. Es war Sandra. Sie kam zurück gerannt und wir fielen uns noch unter der Tür in die Arme. Wir küssten uns. Die Wiedersehensfreude war riesig. „Ich habe dich so vermisst" flüsterte ich ihr ins Ohr. „... und ich dich erst" meinte sie.

Ich bat sie herein und machte einen Kaffee. Ich erzählte ihr von meinen Erlebnissen in London. Danach ging sie einkaufen, während ich mich ins Bad begab und wieder herrichtete. Es war ein sonniger Tag und wir gingen gemeinsam spazieren. Die Welt strahlte in den buntesten Farben für mich und ich fühlte mich glänzend. Wir trennten uns am frühen Abend, sie ging nach Hause, versprach mir aber, später noch mal wieder zu kommen.

Ich war euphorisch. Ich bereitete alles für einen schönen Abend vor, etwas zu trinken, gute Musik, zündete Kerzen an und freute mich bereits auf den Austausch von Zärtlichkeiten, die ich so vermisst hatte.

Es lief alles nach Plan, Sandra tauchte tatsächlich wieder bei mir auf, wir unterhielten uns, tranken ein Glas Rotwein, und begannen uns zu küssen. Ich war gerade dabei an ihrem BH herumzufummeln, als wir plötzlich unsanft aus unserer Umarmung gerissen wurden. Es klingelte heftig an der Haustür. Ich dachte, es wären vielleicht Volker oder Benno, die mal eben so hereinschneien wollten.

Sei es denn, sagte ich mir und nichts böses ahnend öffnete ich die Tür. Da traf mich tatsächlich der Schlag: es war Sandras alter Herr, der mich wütend anschnauzte, ich solle sofort seine Tochter herausgeben. Ich war wie vom Blitz getroffen. Benebelt wankte ich nach drinnen und sagte ihr mit monotoner Stimme, dass ihr Alter sie holen wolle. Sie war bereits aufgesprungen, machte ihre Jeans zu, rief laut „ach du Scheiße" und rannte nach draußen zu ihrem Vater.

So endete dieser Abend, der so wunderschön und vielversprechend begonnen hatte. Ich ahnte aber immer noch nicht, dass dies nur der Anfang vom Ende war.

Am nächsten Tag traf ich Sandra wieder. Sie sah völlig verheult aus. Sie erzählte mir, dass ihr Alter ihr eine geschossen habe. Außerdem hatte sie bis auf weiteres Hausarrest. Und den Umgang mit mir, dem Hippie, hatte er ihr generell verboten.

Ich war außer mir. Ich hasste plötzlich diese Elterngeneration. Alles mussten einem diese verdammten Spießbürger versauen. Ich schrie, ich würde zum Jugendamt gehen, ich würde sie da raus holen. Aber ich wusste, es war vergeblich, denn das Recht war auf Seite der Alten. Sie war noch nicht ganz 16 und deshalb war nichts zu machen.

Ich war fertig. Ich weiß nicht mehr wie ich den Rest der Woche rumkriegte. Gut, ich ging wieder zur Schule, aber aus war es mit den Treffen mit ihr, ich war allein, ich fühlte mich verlassen und empfand nur noch Wut und Verzweiflung. Ich traf mich mit Volker und den anderen, kiffte mir die Birne zu und fand dennoch keine Erleichterung.

Als meine Eltern zurückkamen, machte ich sie blöd an. Natürlich hielten die Alten zusammen, sie verstanden nicht, dass ich so sauer und verzweifelt war.

Sandra war wie vom Erdboden verschwunden. Ich sah sie wochenlang nicht mehr. Wahrscheinlich hat ihr Alter sie zur Schule gefahren. Ich schlich abends an ihrem Haus vorbei, in der Hoffnung, ein Lebenszeichen von ihr zu erhaschen, aber vergeblich. Nichts.

Das einzige was mich halbwegs aufrecht hielt, war die Vorfreude auf das Pink Floyd Konzert, das in wenigen Wochen stattfinden würde. Ich hatte ein Ticket und würde endlich meine Lieblinge einmal live sehen. Ansonsten war die Welt grau in grau. Nichts interessierte mich mehr. Aber der endgültige K.O. stand mir erst noch bevor.

Es muss so etwa 4-5 Wochen später gewesen sein, es wahr wohl Ende Oktober oder Anfang November. Das Wetter passte zu meiner Stimmung, es war alles trüb und grau. Ich machte mich mittags auf einen Spaziergang, ich wollte zum Flussufer hinunter gehen.

Da traf ich sie unterwegs im Dorf. Ich blieb vor ihr stehen. Sie sah mich nur an, aber sagte nichts. Ich wusste, ich hatte verloren. Ich fragte sie, „Sandra, wie geht es dir denn? Ich habe dich schon so lange nicht mehr gesehen? Ich vermisse dich so!". Sie sagte nur traurig: „Ach Werner, es ist so unselig. Mein Alter hat getobt und mich eingesperrt. Wochenlang hatte ich Hausarrest. Jetzt hat er den Hausarrest probeweise aufgehoben". Wieder etwas Hoffnung schöpfend entgegnete ich: „Aber dann besteht ja Hoffnung, dass wir uns wieder treffen können?" Sie schüttelte frustriert den Kopf: „Ich musste meinem Alten versprechen, dich nicht wiederzusehen. Das war die Bedingung für meine Freiheit".

„Ja, und, du wirst dich daran halten müssen, nehme ich an?"

Sie nickte nur traurig mit dem Kopf. Ich hatte verstanden, aber konnte es nicht akzeptieren. Der Schmerz war ungeheuer. Was für ein unsägliches Ende.

Ich habe sie tatsächlich nicht wieder gesehen. Ich habe keine Ahnung was aus ihr geworden ist.

Für mich war eine Welt zusammengebrochen. An jenem Nachmittag war der Schmerz jedenfalls riesengroß. Ich lief ziellos durch die Strassen, die Tränen liefen mir übers Gesicht. Ich ging nach Hause in den Keller, machte mir eine Flasche Bier auf und trank sie fast auf einen Rutsch aus. Und danach noch eine. Der Schmerz wollte nicht weggehen, aber ich kriegte noch Kopfschmerzen dazu. Ich ging an diesem Abend früh ins Bett und heulte über die Ungerechtigkeit dieser Welt. Ich fühlte mich wie auf der Rückseite des Mondes, allein, im Dunkeln, im Stich gelassen.

Ich drückte meine Verzweiflung und Niedergeschlagenheit in einem Songtext aus, den ich ´Desperation´ - Verzweiflung nannte. Der Text ging so:

<u>Desperation</u>

Here I sit and got some tears in my eyes
the only thing left to do is cry
cry about me and the world
that does even refuse me a pearl
the only one I need in my life
that make me move and makes me jive

But where is she and how to find
that's the question torturing my mind
That's what makes me cry
what is left to me except my sighs

sighing how nice it could be
even in life's reality
and not only in my sweetest dreams
which are my only trust as it seems
dreams of happiness and without pain
and without people driving you insane

Suicide is no solution too
for the time is not yet due
to end my life just for fun
maybe once the day will come
when I've suffered from the world enough

with no loving soul to care
with your love that could make me strong
and so you can end this song:

Desperation - this song - desperation
desperation - this song

Volker schaffte es tatsächlich, diesen Text adäquat zu vertonen, so dass daraus ein richtig guter Song wurde.

The Dark Side of the Moon

„...and everything under the sun is in tune, but the sun is eclipsed by the moon" (Pink Floyd - Eclipse)

Ich überlebte diese Episode, aber die Traurigkeit in mir blieb.

An einem nebligen Herbstabend ging ich mit Volker und einigen anderen einen Spaziergang machen. Es war bereits dunkel und so neblig, dass man nur ein paar Meter weit sehen konnte. Im Nebel sah alles so bizarr anders aus, auch wenn wir an diesem Abend einmal nicht bekifft waren. Wir gingen Richtung Wald spazieren, bis sich der Weg verzweigte.

Genau an dieser Weggabelung stand ein großes Kruzifix aus Sandstein. Wir standen urplötzlich davor. Es war irgendwie gespenstisch in dieser Atmosphäre. Dann kam uns ein Auto entgegen. Die Strahlen der Scheinwerfer brachen sich in den Nebelschwaden und plötzlich stand das Wegkreuz genau im Mittelpunkt. Es sah aus, als wenn der Gekreuzigte selbst diese diffusen Lichtstrahlen aussenden würde. Eine fast übernatürliche Erscheinung. Wir waren alle plötzlich von Ehrfurcht ergriffen. Selbst Volker hielt diese Erscheinung später in einem selbstgemalten Bild fest.

Ein anderer Lichtblick in dieser dunklen Zeit blieb das Pink Floyd Konzert. Ein gigantisches Spektakel. Alle waren begeistert, die Luft brannte sozusagen und die Stimmung war gigantisch. Ich war überzeugt, wir hatten die Größten gesehen.

Ich versank zurück in ein dumpfes Brüten, ich weiß nicht, wie ich die Schule in dieser Zeit bewältigte. An manchen Abenden saß ich abends alleine bei Kerzenlicht auf meiner Bude und spielte auf einem imaginären Schlagzeug „Luftrommeln". Ich stellte mir vor, wie ich auf einer Bühne trommelte und das Volk unten jubelte.

Die Dinge um mich herum wurden irgendwie ernster. Auch der eher entspannte, ja heitere Umgang mit Dope war vorbei. Zusammen mit Volker und einigen anderen war ich auch an Manfred geraten. Dieser war nicht nur unglaublich kreativ im Umgang mit dem Stoff, nein er dealte auch noch in rauen Mengen damit. Das Zeug lag manchmal wie Schokoladentafeln fein säuberlich verpackt und gestapelt auf dem Küchentisch. Ich wusste, dass diese Umgebung gefährlich war, aber es interessierte mich nicht. Bei ihm gingen wirklich Freaks ein und aus, dass ich nur so staunte.

Wir trieben uns in dieser für mich düsteren Zeit häufiger im einschlägig bekannten „Bourbon Club" herum. Dies war eine Rock Diskothek, in der ab und zu lokale Bands auftraten. Dieser Laden war bekannt als Rauschgiftumschlagplatz. Man traf also stets Gleichgesinnte, die Musik war gut und man konnte wunderbar in schlecht beleuchteten Ecken abhängen, Mädels anstarren und den eigenen Träumen nachhängen ...

Nach einem dieser Abende schrieb ich einen Song, zu dem mich ein unbekanntes blondes Mädel inspiriert hatte, das ich an diesem Abend häufiger angeschaut hatte:

A Trick of the Eye

When I saw you that evening
I looked into your eyes
and all that I did see
-was it really me?

A look into your eyes
was like a glance up to the skies
and all that you could see
was it really me?

It's just a trick of the eye..
it's nothing but a trick of the eye

Round and round
like a spiral it goes
in the mirror of your eyes
all that I see
is it really me?

Take a look around you
at all the faces that you see
but in my eyes you see me

It's just a trick of the eye..
it's nothing but a trick of the eye

So I finally made up my mind
to ask you why
but suddenly you said good-bye

a last look into your eyes
and really all I see
It's just me...

It's just a trick of the eye..
it's nothing but a trick of the eye

Und dann ging ich irgendwann auf Horror. Wir saßen bei Manfred auf der Bude. Wir machten uns ein Pfeifchen mit einem besonders harten Stoff, und im Fernsehen lief ein Horrorfilm, so was mit Dracula und Hexen. In der gemeinsamen Runde im Wohnzimmer war das gar nicht schlimm, im Gegenteil wir lachten stellenweise noch über die dicken Titten der Hexe.

Als ich dann aber zu Hause allein im Dunkeln in meinem Bett lag, da ging der Horror richtig los. Ich sah die ganze Nacht lang nur Fratzen, Hexengesichter und Dämonen auf mich zukommen.

Ich versuchte mich wach zu halten, denn jedes mal wenn ich einschlief, kamen die grauenhaften Bilder wieder. Mir war schlecht, ich fühlte mich elend. Ich stand auf und musste mich übergeben.

Am nächsten Tag war ich krank. Und dies war erst der Anfang ...

Wir hatten nach längerer Pause und dem Ausstieg des Bleichen am Bass eine neue Band gegründet. Wir waren nun wieder zu viert, außer Volker und mir spielten jetzt Dieter am Bass und Norbert an den Keyboards. Die beiden waren aus einer anderen lokalen Band ausgestiegen und machten jetzt bei uns mit. Eigentlich war vorab schon klar, dass das nicht funktionieren konnte auf Dauer. Der eine kam eher aus der Tanzmusikecke, der andere stand auf deutschsprachige Protestsongs.

Sinniger Weise nannten wir die Band 'Pandaemonium', also so etwas wie ein Kaffeekränzchen für Dämonen aller Art. Das passte nun hervorragend zu meiner Edgar Allan Poe geschulten und nun auch Horrortrip erfahrenen Gedankenwelt. Wir probten neue Songs ein, wobei wir uns musikalisch erst mal kennen lernen mussten. Wir wollten einen neuen Auftritt versuchen. Volker kam immer mehr auf seinen Ego-Trip und schnauzte die beiden Neuen manchmal gewaltig an. Ich merkte bei mir, wie mir das alles auf einmal immer mehr zur Last wurde. Das Trommeln strengte mich gewaltig an und ich war nach den mehrstündigen Proben immer total platt.

Wenige Tage nach meiner Horrornacht wurde ich krank. Und zwar richtig. Es begann mit einer Erkältung, bei der mir ordentlich die Nase lief: Mein Kopf dröhnte und ich hustete mir die Seele aus dem Leib. Ich musste zum Doc. Mit einer Antibiotika Therapie war ich nach knapp 2 Wochen erst einmal wieder auf den Beinen, aber es ging mir nicht gut.

Ich schleppte mich zwar wieder für ein paar Tage zur Schule, da legte es mich erneut flach. Diesmal schlimmer als zuvor. Ich fühlte mich schwach und elend. Einmal musste ich mich zum Röntgenarzt wegen einer Thoraxaufnahme schleppen. Mir war total elend zu Mute. Das angenehmste an diesem Ausflug war noch, dass der Röntgenspezialist eine nette Maus als Arzthelferin hatte. Ich hatte nun genug Bedenkzeit, während ich daheim im Bett lag. Ich begann, mich mit Psychologie zu beschäftigen und Sigmund Freud-Bücher zu lesen. Diese hatte ich mir während meines Ausflugs zum Radiologen in der benachbarten Buchhandlung erstanden. Die angebliche Pneumonie, die mein Doc diagnostiziert hatte, war zum Glück nur eine Bronchitis. Dennoch, ich fühlte mich saumäßig.

Während ich noch bettlägerig war, schneite eines Tages Volker zur Tür herein. Ich dachte, mich trifft der Hammer, er hatte die Mähne ab. Weg war die Hendrix-Frisur, eine ganz biedere Kurzhaarfrisur war übrig geblieben.

Ich dachte schon, er sei plötzlich in das feindliche Lager der Heinofans übergelaufen, aber er erklärte mir, dass er mit Fritz und Helmut bei einem gewissen Guru im Ashram gewesen sei. Er war von der Lehre des Gurus und der Meditation voll überzeugt, und wie ich hörte, hatten die beiden anderen sich ebenfalls die Haare abschneiden lassen. Ich dachte, das kann nicht wahr sein, war aber doch neugierig, was diese Heilslehre beinhaltete. Nur, näheres konnte er mir dazu noch nicht sagen, erstens weil er das ′Know-how′ noch nicht habe und zweitens sei das Ausplaudern von derartigen spirituellen Geheimnissen nicht erlaubt. Toll, dachte ich mir und versprach ihm, wenn ich wieder auf den Beinen sei, mir die Geschichte einmal anzuhören. Ich dachte so bei mir, vielleicht ist das in deinem hervorragenden Zustand gar nicht so schlecht und vielleicht machst du ja eine neue spirituelle Erfahrung. Außerdem waren ja auch die Beatles bei einem Guru gewesen und Carlos Santana und John McLaughlin hatten dem ihrigen eine Platte gewidmet.

The Life Divine

„Jesus is just alright with me.."
(Doobie Brothers)

Nach einer Ewigkeit - wie es mir schien - konnte ich wieder das Bett verlassen. Ich musste aber noch ein paar Tage zu Hause bleiben. Ich fühlte mich elend, von Sandra im Stich gelassen, und ordnete das alles unter das Kapitel 'Verschwörung' gegen mich ein. Alles lief gegen mich.

Ich begann mit 'Dünnbrettbohren'. Ich fing an, Puzzles zu machen, um mich abzulenken, ich versuchte, Bilder zu malen, Songtexte zu schreiben. Als ich nach mehreren Wochen wieder in der Schule aufkreuzte, starrten mich alle an, als sei ich ein Gespenst. Wahrscheinlich habe ich auch so ausgesehen. Mein Lateinlehrer meinte, ich werde doch hoffentlich in den nächsten Wochen nicht ableben. Nein, das hatte ich trotz allem nicht vor.

Ich hatte jetzt gut was zu tun, ich hatte etliche Wochen in der Schule gefehlt, ich musste einiges nachholen und sie würden mir nur eine kurze Schonfrist einräumen. Es war nur noch 1 Jahr bis zum Abitur.

Es dauerte nicht lange, bis mich der Direx in Geschichte einem mündlichen Verhör unterzog. Ich tappte prompt in die gestellten Fallen und kam nur knapp mit einem blauen Auge davon. Meine gute Note in Geschichte stand damit auf der Kippe. Da ich ein guter Schüler war, würde er mir in Kürze noch eine Bewährungschance geben. Okay, ich wusste nun, was ich zu tun hatte.

An einem Sonntag fuhr ich dann mit Volker und Fritz zum Guru ins Ashram, d.h. er selbst war natürlich nicht da, sondern nur seine Anhänger. Der Meister selbst weilte irgendwo in den Staaten, um ein von seinen dankbaren Anhängern gestiftetes Nobelauto in Empfang zu nehmen. Es gab einen schön geschmückten Hausaltar mit den Bildern der heiligen Familie, so kam es mir jedenfalls vor, denn es waren eben die Photos vom Guru mit seiner Mutter und der Restfamilie. Überall brannten Kerzen und es roch nach Räucherstäbchen. Nach und nach fanden sich einige Jünger des Guru ein. Wir setzten uns in einen Raum, den man wohl den Andachtsraum nennen würde, d.h. wir setzten uns auf Kissen auf den Fußboden. Einige der anderen Ankömmlinge begannen gleich nachdem sie uns begrüßt hatten (irgendeinen indischen Gruß, den ich nicht verstand), damit, was anscheinend die Meditation darstellte. Sie hockten sich in den Lotussitz, soweit sie das konnten und schlossen die Augen. Einige begannen nach einer Weile - wie ich fand - ziemlich dämlich zu grinsen. Ob das wohl eine Offenbarung war? Ich hatte keine Ahnung, aber wartete weiter ab. Vielleicht würde einer ein paar Zentimeter über dem Boden schweben, wie ich es schon auf Fotos bei Fritz gesehen hatte.

Nach einiger Zeit kam ein älterer Inder in den Raum, begleitet von 2 älteren Inderinnen, die traditionelle Gewänder trugen. Nachdem diese sich gesetzt hatten, begann das, was sie als die Lehre bezeichneten.

Im wesentlichen ging es darum, dass alles Dasein Leid bedeute. Sie erklärten uns, dass insbesondere die materiellen Dinge dazu beitragen, den Menschen von seinem eigentlichen Ziel abzubringen. Nur durch Meditation und Verzicht auf materielle Dinge sowie die physischen Begierden könne man aus dem ewigen Kreislauf aussteigen. Der Guru sei gekommen, um uns die Heilslehre zu verkünden und den Weg zum Heil aufzuzeigen. Das Know-how dazu konnte nur von ausgewählten Anhängern des Guru weitergegeben werden. Hierzu war eine gewisse Vorbereitungszeit notwendig. Die Stellvertreter des Guru würden aber sofort erkennen, wann jemand bereit dazu sei, das Wissen zu empfangen.

Irgendwie kam mir das alles verdammt bekannt vor. Mir leuchtete einiges an ihrer Argumentation ein, allein mir fehlte der rechte Glaube. Vor allem kamen mir zwei Dinge sehr dubios vor: woran erkannten denn die Eingeweihten, ob einer so weit sei, das Wissen zu empfangen und zweitens wieso brauchte der Guru Autos von Nobelmarken, wenn doch die materiellen Dinge vom rechten Weg abbringen?

Fritz meinte, ich müsste erst einmal darüber schlafen. Okay, dachte ich, tun wir das, ich versuche, daran zu glauben. Volker wollte gleich an einem der nächsten Wochentage wieder dahin fahren. Ich sagte zu ihm: „Nein, mein Lieber, mein Gefühl wehrt sich gegen diese Art von Heilslehre. Vom Verstand her begreife ich einiges, aber mein Bauch sagt nein". „Aber das ist es ja gerade, mit dem Verstand ist das nicht zu erfassen. Du musst daran glauben" sagte er.

Dies gab Stoff für weitere nächtliche Diskussionen. Wir saßen wieder auf unserer Bank auf dem Friedhof unter den alten Kastanienbäumen. Volker und Fritz versuchten, mich von ihrem neuen Glauben an den Guru zu überzeugen. Sie meinten: „die zahlreichen Nobelkarossen zum Beispiel, die der Guru und die heilige Familie besitzen, sind doch alles freiwillige Geschenke ihrer dankbaren Anhänger. Obwohl er diese Kisten besitzt, ist er trotzdem 'detached' von den materiellen Dingen. Er braucht diese Autos ja gar nicht." Dies schien mir wenig einleuchtend: „Warum zum Teufel verschenkt er sie dann nicht oder verkauft sie und spendet den Erlös für die wirklich Armen auf dieser Welt?" Es gab darauf keine schlüssige Antwort.

Fritz hatte inzwischen mit Helmut das 'Know-how' erhalten, sie durften uns nicht mitteilen, worin es bestand. Sie waren dafür extra zig Kilometer gefahren, weil dort gerade einer der Bevollmächtigten des Guru oder seine Großmutter oder wer auch immer weilte.

Interessanterweise hatten alle 3 Guruanhänger inzwischen die Haare ab. Ich hatte keine Ahnung was das mit dem Guru zu tun hatte. Aber ich begriff auch die Fraktion der Hare Krishna Jünger nicht, die immer häufiger mit ihren fast kahl rasierten Schädeln und ihren orangefarbenen Gewändern in der Stadt auftauchten. Sie produzierten mit ihren Glöckchen, Trommeln und ihrem Gesang nahezu unermüdlich Lärm.

Okay, was soll es, das war nicht mein Ding. Solange sie mich in Ruhe ließen, war mir das egal.

Solar Fire

"Sunlight streaming burn through the night first light stealing shine solar fire"
(Manfred Mann´ s Earthband – solar fire)

Nach einiger Zeit ging es mir körperlich wieder besser und wir konnten unsere Proben wieder aufnehmen. Pandaemonium arbeitete weiter an einem möglichen neuen Auftritt. Dazu hatten wir ein rockiges Programm gebastelt und wollten diesmal besser rüberkommen. Es musste also noch ein Gag her. Wir fanden in unserem Umfeld einen Hobbychemiker, der mit ein paar Substanzen, die er aus Apotheken und Drogerien zusammenkaufte, versprach, uns ein kleine Pyro-Show zusammenzustellen. Natürlich völlig harmlos und ungefährlich.

Wir bekamen die Erlaubnis, noch einmal einen Auftritt im Jugendclub zu machen. Diesmal ging alles professioneller vonstatten als beim ersten Mal. Auch hatten wir diesmal durch ein geliehenes Marshall Equipment wesentlich mehr Druck aus den Boxen. Die Songs kamen dieses Mal wesentlich besser rüber als beim ersten Mal, es gab Applaus. Dann kam der Höhepunkt: unsere Cover-Version von ´Careful with that Axe, Eugene´. An der Stelle mit dem Schrei zündete unser kleiner Chemiker seinen Pyro: es gab eine gigantische, gleißendhelle Stichflamme und dann nur noch Qualm. Danach war alles stockdunkel, da irgendjemand die Lichter ausgemacht hatte. Wir spielten unverdrossen weiter, aber die Mehrzahl des Publikums hatte sich ins Freie geflüchtet. Wir mussten den Auftritt beenden, damit die Bude durchgelüftet werden konnte.

Dennoch, es hatte uns einen Riesenspaß gemacht. Langsam, ganz langsam kam wieder mehr Licht in mein Leben, obwohl ich mich nach wie vor elend fühlte. The Dark Side of the Moon, die neue Pink Floyd Platte war endlich erschienen. Sie klebte von nun an auf meinem Plattenteller wie vorher Meddle.

Meine längere Erkrankung mit der angeblichen Lungenentzündung hatte mir als kleinen Vorteil eine Befreiung vom Sportunterricht eingebracht, Erfolg eines Attests von meinem Onkel Doktor. Das war für mich insofern gar nicht schlecht, da ich eh keinen Bock mehr auf diesen Massenmord hatte. Mir war deshalb meine Freistellung gar nicht so unlieb. Ich durfte zwar nicht früher heimgehen, mich aber dafür als Schieds- oder Linienrichter betätigen.

Darüber hinaus musste ich erstmals bei den Bundesjugendspielen nicht mehr selber um Punkte und Urkunden kämpfen, sondern durfte als Punktrichter Weiten beim Kugelstoßen oder Ballweitwurf messen. Dies kam besonders den jüngeren, enthusiastischen Sportlern zugute, die ich zu Höchstleistungen motivierte, indem ich immer ein paar Meter zur eigentlichen Weite dazugab. Dies dürfte einigen eine wohlverdiente Urkunde eingebracht haben. Bei einigen meiner eigenen Leute konnte ich mich im Gegenteil für manch erlittene Schmach rächen, indem ich ihnen ein paar Punkte abzog. Ich fühlte mich richtig gut in dieser Rolle als ausgleichende Gerechtigkeit.

Zudem war ich mächtig aufgeregt während dieses Bundesjugendspieltages, denn ich hatte 2 Tage vorher eine nette Braut kennengelernt, Alex hieß sie, Alexandra mit vollem Namen, und sie war eine schnuckelige Brünette. Ich hatte sie auf einem Sommerfest durch einen Schulkameraden kennen gelernt. Sie hatte sich zusammen mit ihrer Freundin auf mich gestürzt und wir hatten uns nett unterhalten. Ich erzählte ihnen von meiner Verpflichtung als Jury bei den Bundesjugendspielen und verabredete mich mit Alex für diesen Tag. Dummerweise hatte ich weder ihre Adresse noch Telefonnummer, sondern nur die vage Hoffnung, dass sie zur vereinbarten Uhrzeit nach der Schule am Hauptbahnhof sein würde. Endlich war es soweit, die Jungs konnten ihre Urkunden in Empfang nehmen und ich verpisste mich Richtung Hauptbahnhof. Aber Alex war nicht da, ich wartete und wartete, sie tauchte nicht auf. Verdammter Mist dachte ich mir und verfluchte meine Dummheit, mir keine Telefonnummer von ihr geben zu lassen. Betrübt fuhr ich nach Hause und haderte mit meinem Schicksal. Jetzt hatte ich mich gerade mal wieder etwas aus dem Sumpf gezogen und nun schon wieder ein Dämpfer. Ich ging in den Keller und trommelte erst einmal eine Weile. Später am Tag tauchte Benno auf und brachte ein paar Platten mit, die wir uns reinzogen.

Am nächsten Tag erkundigte ich mich bei meinen Schulkameraden nach Alex, aber diese lachten nur und sagten mir, sie sei bei ihnen auch nicht aufgetaucht, und überhaupt, ich solle das ganze nicht so ernst nehmen, das Mädel sei eben sprunghaft. Mist, dachte ich, und schon fiel mir wieder eine lange vergessene Textzeile von Spooky Tooth ein: „Evil woman the Lord's got a record!" Egal, ob evil woman oder strange kind of woman, ich saß immer noch alleine da.

Der bevorstehende Beginn der Sommerferien tröstete mich etwas über die unseligen Gedanken an die Christines, Sandras und Alexes dieser Welt hinweg. Gleich zu Anfang der Ferien hatte ich mit meinem Schulkameraden Dieter einen Trip nach Holland geplant, das heißt, wir wollten zuerst einmal nach Amsterdam und dann weitersehen. Wir fuhren mit der Bahn nach Amsterdam. Wir hatten nur wenig Geld, aber wir wollten mindestens eine Woche bleiben. Als wir den Hauptbahnhof Amsterdam verließen, mussten wir uns erst einmal eine Bleibe suchen. Es war Sommer, die Stadt war voll von ausländischen Touristen und es wimmelte vor allem von jungen Leuten, Freaks aus aller Herren Länder. Da die Mittel wie gesagt knapp waren, und wir nichts gescheites fanden, steuerten wir schließlich ein Sleep-Inn an. Das war so eine Art Jugendherberge mit Gemeinschaftszimmern, die mit Etagenbetten ausgestattet waren. Wir landeten in einem Zimmer mit Kanadiern und Australiern.

Nach dem wir unser bisschen Gepäck abgestellt hatten, machten wir einen Stadtbummel. Es war heiß und die Stadt war voll. Abends gingen wir noch etwas essen, bogen nichtsahnend um eine Häuserecke - und da saßen auf einmal die Girls im Schaufenster - wir befanden uns urplötzlich im Rotlichtviertel. Wir machten einen kleinen Schaufensterbummel und seilten uns dann auf unsere Bude ab, das Taschengeld hätte ohnehin nicht gereicht, um eines der Mädels im Schaufenster zu besuchen.

Im Sleep-Inn war an Schlafen noch nicht zu denken, da gerade eine kleine Haschparty im Gang war. Die Joints kreisten gerade, und ich nahm halt auch ein paar Züge, obwohl ich seit meiner Krankheit in einer Abstinenzphase war.

Die Kanadier und Australier qualmten sich dermaßen die Köpfe zu, dass sie nur noch lallten und schließlich hatten wir Ruhe auf der Bude.

Am nächsten Morgen beschlossen wir, dieses gastliche Quartier zu verlassen. Wir tigerten noch ein wenig durch die Stadt und fuhren dann in eine Kleinstadt außerhalb von Amsterdam. Dort ging es wesentlich beschaulicher zu. Wir fanden schließlich eine Privatunterkunft bei einer Familie. Diese hatte zwei ansehnliche Töchter in unserem Alter und einen Junior von vielleicht 10-12 Jahren. Wir hatten ein Superzimmer und konnten morgens mit der Familie frühstücken, bzw. uns sogar das Frühstück im Zimmer servieren lassen. Leider brachten nicht die Girls das Frühstück ins Zimmer, sondern die Mutter ...

Sogar der sparsame Dieter war mit dieser Art Unterkunft einverstanden, auch wenn es ein paar Gulden mehr verschlang als das Sleep-Inn in Amsterdam.

Das Wetter war super, es war sehr warm, als wir am frühen Abend auf den Stufen eines alten Brunnens in der Sonne saßen. Dieter fragte mich: „Was hast Du eigentlich vor nach dem Abi? Es ist ja nur noch ein Jahr bis dahin." - „ Ich habe keine Ahnung, vielleicht Psychologie, wenn ich den NC schaffe, vielleicht aber auch Jura."

Es viel mir dabei siedend heiß ein, dass ich wirklich keine Ahnung hatte, was ich machen wollte. Dieter hatte im übrigen auch keine klaren Vorstellungen, sagte irgendwas von Mathematik, aber wollte erst einmal zum Bund. Da er eine unserer Sportskanonen in der Klasse war, stand für ihn ohnehin bereits mehr oder weniger fest, dass er in die Sportkompanie kommen würde. Dies hieß nicht nur, dass er mit Heimschlaferlaubnis rechnen konnte, sondern auch, dass er seinen Lieblingsbeschäftigungen wie Handball und Basketball nachgehen konnte. „Ich habe darauf gar keinen Bock. Ich werde den Wehrdienst verweigern", sagte ich. Schließlich war bis auf Volkers älterem Bruder keiner meiner älteren Kumpels beim Bund. Und jener durfte aufgrund des Haarerlasses sogar seine Mähne behalten. Ich erinnerte mich an blöde Sprüche von anderen, die sie eingezogen hatten. Da kamen dann unweigerlich solche Blüten wie: „auch dein Helm ist schon gepresst" oder „die Mähne kommt ab!" Damit konnte ich gar nichts anfangen.

Da Dieter sein verbliebenes Urlaubsgeld lieber in einem Billardsalon investierte, ging ich an einem Abend allein zum essen. Da man uns geraten hatte, aufgrund gewisser Resentiments besser English als Deutsch zu reden, begann ich mit English. Und siehe da, es wurde mir bewusst, dass ich damit plötzlich eine neue Identität hatte. Ich ging einfach als Engländer oder Australier durch und nicht mehr als Deutscher. Darüber musste ich nachdenken, denn das war ja eine spannende Sache. Also zog ich noch einmal um die Ecken und überlegte mir, dass ein Sprachstudium mir ganz tolle Möglichkeiten eröffnen könnte. Ist ja phantastisch, neue Identität und so. Also dachte ich mir, meine English Kenntnisse durch ein entsprechendes Studium zu erweitern, sei doch eine interessante Option.

Seite B: Alive on stage

Time

"Ticking away the moments that make up a dull day, you fritter and waste the hours in an off-hand way"
(Pink Floyd – Time)

Wieder zu Hause, musste ich sehen, wie ich die restliche Ferienzeit herumkriegte. Da Volker jetzt in die Lehre ging, hatte er nicht mehr so viel Zeit wie vorher und konnte auch nicht mehr am Nachmittag aufkreuzen.

Da war auf jeden Fall einmal Benno, der arbeitslos war und deshalb viel Zeit hatte. Er tauchte meist am späteren Nachmittag auf, um sich irgendwo den Bauch voll zu schlagen. Mit Benno, seinem Freund Bert und dessen Freundin Angie ging ich in diesem Sommer öfter in der Stadt in eine Gartenwirtschaft. Es war sehr angenehm dort, man konnte schön bei einem Bier abhängen, über alles mögliche quatschen und die Mädels beobachten. Dort sah ich auch regelmäßig meinen Schulkameraden Micky mit seiner Freundin und deren Schwester. Diese Schwester war ein blondes Supergirl, etwa so groß wie ich, langbeinig und ziemlich üppig gebaut. Sie hatte schulterlange blonde Haare und blaue Augen. Wenn ich sie ansah, spürte ich dieses seltsame Gefühl in der Magengrube. Ich schoss ab und zu ein paar Blicke zu ihr hinüber zum Nachbartisch, die sie manchmal tatsächlich erwiderte.

Während ich mit Benno, Bert und Angie im Brauhausgarten abhing, kam es mir vor, als würde die Welt außer vielleicht Benno und mir zu 90% aus irgendwelchen Paaren bestehen. Wo ich hinschaute, sah ich nur Paare. Mit Bert und Angie neben mir am Tisch eins, und nebenan und überall, wo ich auch hinsah. Es war nicht zum Aushalten. Da musste man doch den Blues kriegen, wenn man selbst nicht dazu gehörte. Als sich Bert und Angie am frühen Abend von uns regelmäßig verabschiedeten und wir genau wussten, was die beiden jetzt tun würden, da kriegten wir einen Anfall nach dem anderen. Es musste sich unbedingt was ändern.

Mir fiel eine blödsinnige Kindheitserinnerung ein: In unserer Nachbarschaft hatte damals eine spanische Gastarbeiterfamilie gewohnt, die eine kleine Tochter namens Lucia hatten. In diese Kleine hatte ich mich als kleiner Bursche verguckt. Auf jeden Fall war ich todtraurig, dass ich nie zu ihr durfte. Auch sie durfte irgendwie nie zu uns, jedenfalls spielte sie nie mit uns. Ich weiß nur, dass ich bereits damals eine so unselige Traurigkeit verspürt hatte, dass ich diese Distanz zu ihr nicht überwinden konnte.

An einem dieser Abende nach dem Besuch im Brauhausgarten schrieb ich den folgenden Songtext:

Looking for tomorrow

O, were do you go when you're lonely and sad?
Can you stay calmly when sad thougths fill your head?
Can you see the dawning in all your mourning?
Or will you remain in the darkness of sorrow and pain?
Haven't you got a friend to talk to
or do you just glorify your pain?
Have you got a friend at work and one at rest?
That is really heaven would be the best!
But you're so lonely, so lonely and sad,
you look out your window - but this drives you mad
you'd like to go out and walk some way
- but then something keeps you and makes you stay.

Do you look in the mirror at the face that you see
and do you start to wonder is this really me?
Your way of thinking has turned to confusion
you just run around and can't find a solution.
But what's the solution what's the way out
you could start a prayer - but still you're full of doubt.

Go and look for a friend that's all I can say
so hurry up and don't try to delay.
Now there's no time to hide in rooms so dark
you must be open for the one to bring the spark
that makes your candle burn so high again
- so stand up and break the ban.

So who can tell the answer, who can tell the truth
I am looking for tomorrow - looking for my youth.

Ich kaufte mir in diesem Sommer weitere Bücher von Herman Hesse, wie ´Narziß und Goldmund´, `Demian´, ´Siddartha´, ´das Glasperlenspiel´. Ich las den Demian und fühlte das Kainszeichen auf meiner Stirn. Ich las den Siddartha und bewunderte seine Entschlossenheit, alles aufzugeben und sich auf die Suche zu begeben. Im Glasperlenspiel faszinierte mich die Idee, alternative Lebensläufe zu schreiben.

Ich kaufte mir weitere Bücher, wie ´Klein und Wagner´ und fühlte die Verzweiflung Kleins und ging mit ihm ins Wasser.

Inzwischen hatten sich die Aktivitäten von Pandaemonium bereits wieder erledigt. Letzten Endes hatte der andauernde Egotrip von Volker die Band erneut in die Auflösung getrieben. Unsere Mitstreiter gaben zwar andere Aktivitäten wie z.B. gewerkschaftliches Engagement, vor, aber schließlich gaben die Gitarrenexzesse und das Herumkommandieren durch Volker den Ausschlag.

Ich machte mit meinem alten Kumpel George, der inzwischen seine Alice Cooper Visionen aufgegeben und dafür Ambitionen auf der Gitarre entwickelt hatte und einem weiteren Kumpel, genannt Binding-Peter, am Bass weiter. Diese namenlose Combo war eigens zu dem Zweck gegründet worden, sich Pizza und Bier in einer örtlichen Musikkneipe zu erspielen. Dieses Ziel erreichten wir, weiteren Bestand hatte diese Zweckgemeinschaft danach allerdings nicht mehr.

Gegen Ende des Sommers hatten Volker, sein großer Bruder Ludwig, der Dürre und noch einige andere ein Zeltwochenende in unserem geliebten Weindorf eingeplant. Das Wetter war angenehm warm und nach unserer Ankunft bauten wir die Zelte auf einer Wiese in der Nähe der Burg auf. Dies war zwar nicht erlaubt, es war uns aber egal. Wir gingen zunächst einmal in die Burg, um zu sehen, was für Mädels gerade in der Jugendherberge übernachteten. Volker packte gleich seine Klampfe aus und war im Nu von Fans umringt. Und schon war er im Gespräch. Er bandelte gleich mit einem der Mädels an und versprach, sich abends in die Burg zu schleichen.

Am Abend zündeten wir ein Lagerfeuer an und grillten Würstchen und Steaks. Natürlich wurde auch heftig getrunken. Volker und Peter schlichen sich später fort, um in den Burghof zu gelangen. Sie schafften dies zwar auch, aber anstatt bei den Mädels landeten sie beinahe beim Herbergsvater, dem sie nur knapp entwischten. Als sie zurückkamen, waren wir anderen fast alle schon betrunken. Den Bleichen hatte es bereits umgehauen. Wir anderen schleiften ihn in seinem Schlafsack durch die Wiese und deponierten ihn irgendwo mittendrin. Dort blieb er liegen und war am nächsten Tag völlig erstaunt, dass er nicht im Zelt aufwachte. Irgendjemand kam auf die glorreiche Idee, wir könnten doch draußen bleiben und wer als erster ins Zelt ginge, müsste eine Kiste Bier ausgeben. Da dies keiner wollte, blieben alle draußen. An Schlafen war damit irgendwie nicht mehr zu denken. Ich versuchte es zwar, aber ohne Erfolg. Ich wickelte mich wieder aus meinem Schlafsack und ging ein Stück in der Dunkelheit spazieren. Das Lagerfeuer war schon fast niedergebrannt. Über mir wölbte sich ein herrlicher Sternenhimmel, weit unten im Tal konnte ich den Fluss sehen. Es waren fast keine Geräusche zu hören.

Ganz entfernt hörte ich noch die Freunde sich unterhalten. Ich fühlte mich als unendlich kleinen Teil des Universums. Einerseits war dies großartig, andererseits spürte ich wieder die Kälte und Einsamkeit, die mein Dasein umgab. Wohin sollte all das führen, was wäre mein weiterer Weg im Leben? Solange ich die Schule noch hatte, gab es einen gewissen Rahmen, aber was wäre nächstes Jahr, wenn ich die Schule beendet hätte? Ich wusste keine Antwort. An die Illusion ein Rockstar zu werden, glaubte ich nach den jüngsten Erfahrungen eh nicht mehr. Es gab zwar ständig neue Bands mit unglaublichen musikalischen Ideen, aber es fehlte uns am nötigen handwerklichen Können und letzten Endes auch am unbedingten Willen, es wirklich schaffen zu wollen. Wahrscheinlich war keiner von uns wirklich überzeugt, dass wir es könnten, es war einfach ein schöner Traum. Hinzu kamen die unterschiedlichen Interessen und die unterschiedlichen musikalischen Auffassungen. Ich grübelte weiter vor mich hin, während ich unter dem Sternenhimmel langsam zum ersterbenden Lagerfeuer zurückkehrte.

Als ich zum Zeltplatz zurückgekehrt war, waren die meisten doch eingeschlafen, nur noch Volkers Bruder war wach. Ich setzte mich zu ihm. Wir unterhielten uns noch etwas, bis auch er wegdämmerte. Ich war als einziger noch wach und konnte partout nicht einschlafen. Ich hörte auf die Geräusche um mich herum, das Rascheln der Gräser im Wind, die Atemzüge der Schläfer um mich herum. Ich steckte mir noch eine Zigarette an und dachte nach. Es war aber auch verdammt schwierig, eine Bestimmung im Leben zu finden. Wenn ich an meine Schulkameraden dachte, da gab es welche darunter, die wirklich klare Vorstellungen von dem hatten, was sie machen wollten. Und sei es auch nur, dass sie Medizin studieren wollten, damit sie Geld drucken könnten. Oder die wenigen aus meiner Klasse, die bereits vor dem Abitur das Handtuch geworfen hatten, um eine Lehre zu beginnen. Auch diese wussten, was sie machen wollten, sei es Grafiker oder Goldschmied.

Ich war dann wohl doch etwas eingenickt, aber es dauerte nicht lange, und die ersten Vögel begannen zu zwitschern. Es dämmerte bereits wieder und ein neuer Tag brach an. Ich fühlte mich total übernächtigt und alles andere als fit. Die anderen hatten zum Teil bessere Schlafausdauer und pennten weiter. Die ersten, die schon wach wurden, machten gemeinsam einen Kaffee. Später wanderten wir hinunter ins Dorf und gingen in irgendeine Kneipe um den Bierpegel wieder aufzufüllen. Wir pilgerten mittags in die Dorfdisco, in der tatsächlich schon eine Gruppe Mädels aus der Jugendherberge waren. Während sich Volker wieder um sein ´Groupie´ vom Vortag kümmerte, kam ich ins Gespräch mit einem Mädel, das mit der Schulklasse aus Hamburg da war. Ich schnorrte ein paar Zigaretten bei ihr und wir drehten eine Runde auf der Tanzfläche. Leider musste sie dann wieder abziehen, da ihre Klasse bereits zur nächsten Station weiter fuhr. Schade, dachte ich, dass ich jetzt nicht hinterherfahren kann.

Ein anderes mal saßen wir im Zimmer von Ludwig, Volkers großem Bruder. Er hatte die neue Platte von King Crimson, Larks´ tongues in aspic. Ludwig legte die Platte auf und stopfte uns ein Pfeifchen. Beim Titelsong zogen wir einen durch und legten uns dann auf die Matratzen auf dem Boden. Es war uns nicht nach Unterhaltung, wir hörten nur die Musik. Es war genial. Ich fing wieder an zu schweben.

Die Musik trug mich weit weg, in die Wüste, ich hörte den Wind heulen und ich sah, wie er den Wüstensand vor sich her trieb. Ich war in einem Beduinenzelt und gleichzeitig in Ludwigs Zimmer. Es war ein sehr angenehmes Erlebnis. Volker und Ludwig muss es genauso gegangen sein, auch sie wurden ganz ruhig und träumten mit der Musik.

Ansonsten ging irgendwie alles seinen Gang weiter, Schule, Hausaufgaben, Musik hören, die Abende im Bourbon Club, mit den anderen ins Kino.

Hello I love you

"Do you think you´ll be the guy to make the queen of the angels sigh? She holds her head so high like a statue in the sky"
(The Doors – Hello I love you)

An einem der nächsten Wochenenden war ich mal wieder auf einer Party bei meinem Mitschüler Stefan eingeladen. Ich hatte mich über die Einladung etwas gewundert, da ich mit Stefan sonst nicht so viel zu tun hatte. Eigentlich hielt ich nicht mehr all zu viel von diesen Partys, ich dachte mir aber, ich gehe einfach mal hin, vielleicht wird das ganz okay und wenn nicht, könnte ich ja wieder abhauen. Etliche Klassenkameraden waren ebenfalls da, darunter auch Micky mit seiner Freundin und auch deren blonde Schwester. Ich hatte sie ja im Sommer öfter in der Gartenwirtschaft gesehen, und kannte sie daher sozusagen vom Anstarren her. Allerdings hatte sie jetzt die Haare ab, was ihr ein noch kesseres Aussehen verlieh. Sie sah wirklich zum Anbeißen aus und mich befiel wieder diese merkwürdige Unruhe, wenn ich sie ansah. Ich setzte mich erst mal auf eine Matratze in eine Ecke und schüttete mir ein Bier rein. Ich unterhielt mich mal mit Jürgen, mal mit Manfred, alles Mitschüler von mir, die ebenfalls ziemlich dumm herumhockten und nur die Mädchen anstarrten, die sie genau wie ich nie würden anbaggern können.

Nach einer Weile stand ich auf und ging in die Küche, um mir ein neues Bierchen zu holen. Plötzlich stand die blonde Superbraut hinter mir. Mich traf fast der Schlag als sie mich anquatschte: „Hallo du, gibst du mir auch gleich eine Flasche Bier aus dem Kühlschrank? Du stehst gerade so günstig!" Natürlich gab ich ihr eine Flasche Bier aus dem Kühlschrank. „Danke dir", strahlte sie mich an. „Übrigens, ich bin die Vera" stellte sie sich vor und streckte mir ihre Pfote hin. Ich drückte ihre Hand, brabbelte meinen Namen und sah sie an. Es traf mich wie der Blitz, ich war völlig platt. Sie war wirklich das schönste Mädchen, das ich seit langem von nahem gesehen hatte. Ein seltsames Gefühl rieselte mein Rückenmark hinunter und ich fühlte ein komisches Kribbeln im Bauch.

Wir unterhielten uns weiter in der Küche. Sie fragte mich, ob ich bei Micky in die Klasse ginge. Ich bejahte. „Ich habe dich im Sommer in der Gartenwirtschaft gesehen, du warst mit einem Freund und einem anderen Pärchen da." „Stimmt," erwiderte ich, „mit Benno, Bert und Angie. Ich habe dich auch gesehen, am Nachbartisch bei Micky. Da hattest du aber noch lange Haare."

Sie strahlte, "so, das ist aber schön, dass du mich auch bemerkt hast. Ich habe mir die Haare abschneiden lassen. Mal was anderes, weißt du." Ich murmelte ein paar weitere Sprüche vor mich hin, so was von wegen Drummer in einer Rockband, und so weiter und so weiter. Sie schien überraschender Weise sehr interessiert an meinem Geschwafel, zumindest ergriff sie nicht die Flucht.

Sie erzählte mir, dass sie in einer Parfümerie in der Innenstadt arbeite. Als sie das sagte, wurde mir plötzlich klar, was ich die ganze Zeit zwar wahrgenommen, aber nicht bewusst registriert hatte: sie roch unglaublich gut nach Parfum. Und sie war unheimlich gut geschminkt. „Kommst du wieder mit zurück zu den anderen?" fragte sie plötzlich und drehte sich um. Ich folgte ihr und konnte nicht anders, als auf ihren wohlgeformten Hintern zu starren, der sich verlockend in ihren hautengen Jeans abzeichnete.

Als wir wieder in das eigentliche Partyzimmer kamen, lief gerade eine Bluesrunde. Einige Paare tanzten bereits eng aneinandergeklammert in der Mitte des Raumes. Vera packte plötzlich meine Hand und zog mich auf die Tanzfläche. Völlig überrascht fand ich mich mit Vera eng umschlungen beim Blues tanzen. Mein Herz trommelte einen unglaublichen Beat, und ich vergaß jeglichen klaren Gedanken. Ich hörte nur noch „Come away, Melinda" aus dem Lautsprecher und spürte diese schöne Frau eng an mich geschmiegt.

Junge, dieses Jahr hat es echt in sich, schoss es mir durch den Kopf. Eine Kuriosität nach der anderen. Mein Blick traf meinen Mitschüler Mickey, der den Mund nicht mehr zukriegte, als er sah, wie seine ʹSchwägerinʹ sich bei mir ran machte.

Vera zog mich in eine Ecke des Raumes und plötzlich spürte ich ihre Lippen auf meinen. Wir begannen zu knutschen. Wieder nahm ich diesen Duft wahr, der von ihr ausging. Sie roch unglaublich betörend. Ich sog ihren Duft in mich auf, zuerst in die Nase, dann wanderte er durch den ganzen Körper und blieb schließlich in meinem Unterleib hängen. Dieser Duft machte mich total fertig. Jetzt war wirklich alles zu spät, ich hörte die Glocken läuten, wie in „fat old sun" von Floyd. Es war unglaublich. Ritchie Blackmore und Dave Gilmour spielten in meinem Kopf um die Wette.

Blöderweise musste ich mich bald aus ihren Armen lösen, da ich sonst meinen Zug nach Hause nicht mehr gekriegt hätte. Sie verabredete sich tatsächlich mit mir für den nächsten Tag, Sonntag Nachmittag. Ich fuhr in dieser Nacht wieder einmal mit dem bei uns 'Partisanen-Express' oder auch `Lumpensammler´, genannten Schienenbus nach Hause. Es war mir egal, dass dieses Ding erbärmlich schaukelte und diverse Penner mit mir da drin saßen. Ich schwebte auf Wolken, die dieses Mal nicht vom Stoff kamen. Ich hörte David Cross von King Crimson auf der Violine streichen, 1000fach Marshall verstärkt, dazu ganze Orchester und mein Blues war wie weggeblasen.

In dieser Nacht schlief ich zum ersten Mal seit langer Zeit wieder richtig gut. Ich konnte sogar einschlafen, ohne vorher auf der Bettkante Schlagzeugübungen praktiziert zu haben.

The Vanilla Queen

„It couldn´t be avoided we were bound to meet I knew
you would drag me down and toss me off my feet"
(Golden Earring – The vanilla queen)

An diesem Sonntag Morgen wachte ich auf und fragte
mich als erstes, ob ich das mit Vera wohl geträumt hätte. Ich
erinnerte mich aber, dass dies nicht der Fall war und dass
ich tatsächlich heute Mittag eine Verabredung mit diesem
blonden Superweib hatte. Gleichzeitig fuhr mir der Schreck
in alle Glieder und ich begann darüber zu grübeln, was sie
wohl an mir so toll fand. Überhaupt, dachte ich, wenn ich
diesen Tag mit ihr überstehe, hast du eine persönliche Jah-
resbestleistung erbracht, nämlich eine Frau hätte es länger
als 2 Tage mit mir durchgehalten. Diese Überlegung trug
nicht eben zu meiner Beruhigung bei. Ich brauchte ewige
Zeiten, bis ich mich angezogen hatte. Dies war so ein Ritual
bei mir, ich legte mir eine meiner Lieblingsplatten auf und
pilgerte zwischen meinem Zimmer und dem großen Spiegel
im Flur hin und her. Auf meiner Bude hatte ich nur einen
kleinen Spiegel, in dem ich gerade so die Haarlänge über-
prüfen konnte. Als Ankleidespiegel völlig ungeeignet. Ich
entschied mich schließlich für meine schwarzen Cordjeans
und meinen Hirtenmantel. Ich war gehörig nervös, als ich
mich auf die Socken machte. Meinen Kumpels hatte ich
nur erzählt, dass ich keine Zeit für einen Treff hätte, aber
nicht, dass ich ein Rendezvous hatte.

Als ich in der Stadt das Bahnhofsgebäude verließ, war
Vera tatsächlich schon da. Sie hatte sich lässig an einen La-

ternenmast gelehnt. Als sie mich sah, kam sie lächelnd auf mich zu. Nun stand sie in voller Größe und Üppigkeit vor mir und wir küssten uns zur Begrüßung. Sie sah einfach blendend aus, sie trug eine schwarze Lederjacke und eine schwarze, weitausgestellte Stoffhose. Ich kam mir vor wie im Film. So lief es jedenfalls für mich ab. Sie hatte noch ein mit ihr befreundetes Paar mitgebracht und so machten wir gemeinsam einen Bummel durch die Innenstadt. Ich hätte es zwar lieber gehabt, mir ihr alleine zu sein, aber ich war ja bereits froh, dass sie überhaupt aufgetaucht war.

Wahrscheinlich hatte sie Alfons und Jutta – so hießen ihre Freunde – mitgebracht, damit sie mich begutachten konnten und ich fragte mich, ob ich diese Prüfung bestehen würde. Vor Nervosität brachte ich zu Beginn kaum ganze Sätze zu Stande. Sie fragten mich, was ich denn so mache und ich sagte: „ich gehe aufs Gymnasium. In einem halben Jahr mache ich Abi und danach – mal sehen. Hauptsache nicht zum Bund. Außerdem bin ich Drummer in einer Band." Stimmte zwar nicht mehr, da wir nur noch Sessions machten und nicht mehr regelmäßig zusammenspielten, aber ich dachte, es ist gut für das Image. Veras Freunde gehörten allerdings eher zur angepassten Sorte, die ich mit so etwas keineswegs beeindrucken konnte. Ich registrierte, dass die beiden sich etwas verstört ansahen. Vera dagegen hielt sich auffallend zurück und ließ die beiden anderen agieren.

Schließlich landeten wir in einer Kneipe in der Altstadt. Wir bestellten uns einen Wein und ein paar Häppchen zum Essen. Inzwischen hatte sich die Situation meines Erachtens nicht eben zu meinen Gunsten weiterentwickelt, da mich die beiden Angepassten ziemlich kritisch ansahen und hin und wieder ebensolche Blicke in Richtung Vera sendeten. Ich sah meine Felle davon schwimmen und glaubte bereits, die Prüfung bei den Angepassten vermasselt zu haben. Vera nahm mich jedoch in den Arm und drückte mir einen dicken Schmatz auf die Wange, wie um mir zu zeigen, ist schon in Ordnung, Alter, mach′ nur weiter so. Ich versuchte also meine beste Rhetorik aufzubieten, und überlegte krampfhaft, wie denn wohl die Platzhirsche in unserem Dorf das machten, um zum Erfolg zu kommen. Mir war aber klar, dass ich gar nicht der Typ war, der diese Nummer bringen konnte und auch nicht wollte. Ich versuchte also meinen eigenen Stil. Dies schien genau die richtige Vorgehensweise zu sein, denn die bezaubernde, blonde Vera hielt meine Hand, lächelte mich an und schien die kritischen Blicke unserer Begleiter gar nicht zu bemerken. Ich begann zu schwitzen. In diesem Lokal musste eine Hitze sein, die reinste Sauna, die aber außer mir keiner zu bemerken schien.

Schließlich war es an der Zeit, dass der Aufbruch nahte und ich wartete auf das Urteil der Jury. Ich konnte es nicht glauben, als Vera mir ins Ohr turtelte:" Wann sehe ich dich denn wieder, mein Süßer?" – „ Am liebsten Tag und Nacht, aber ich muss morgen zur Schule und mein Abi vorbereiten. Wie sieht es denn bei dir am Mittwoch aus?"

„Mittwoch ist nicht so gut, aber am Freitag können wir uns treffen". Sie gab mir tatsächlich ihre Telefonnummer mit der Bemerkung, ich solle sie Mittwoch oder Donnerstag noch einmal anrufen, damit wir verabreden könnten, was wir an diesem Freitag machen.

Ich war völlig hipp, das war besser als dope, ich hatte Flügel, ich hätte die Welt umarmen können. Ich hatte eine absolute Superbraut geangelt, die sich tatsächlich noch einmal mit mir treffen wollte. Als ich nach Hause kam, bediente ich mich erst einmal an Vaters Barfach und kippte 2-3 Cognac zur Feier des Tages. Ich legte mich ins Bett und zog mir ´Echoes´ rein. Okay, dachte ich, das Mädel ist eine Superfrau, sie hat Traum-Masse, und sie mag dich, Junge, also ran an den Feind.

Der Lateinunterricht am nächsten Morgen war halb so ätzend wie sonst, ich übersetzte spielend die schwierigsten Satzkonstruktionen. Die 2 Stunden Sport, die folgten, waren für mich extrem easy, ich hatte mein Attest vom Doc verlängern lassen und zielte damit auf ´Sport nicht benotet´ im Abschlusszeugnis. Ich ließ die anderen rennen und konzentrierte mich mental auf meine Vera. Mein Mitschüler Mickey erzählte mir, seine Freundin habe ihm berichtet, dass ihre Schwester total verrückt nach mir sei. Er sagte:
"Mensch, hast du ein Schwein, die Vera ist eine Klassefrau, die ist sonst total wählerisch was Kerle anbelangt. Ist ja auch gar kein Wunder, hinter der sind ja alle her. Aber, Alter, die steht voll auf dich."
Ich war echt baff. Das war einfach nicht zu fassen.

Am Abend traf ich mich mit den üblichen Verdächtigen aus der Szene im Dorf, also mit Volker, Benno und den anderen. Wie üblich machten wir einen Spaziergang zum Flussufer und suchten uns ein ruhiges Plätzchen, wo wir ein Pfeifchen rauchen konnten.
Dieses mal kam das Zeug total gut und ich konnte mich vor Lachen kaum zusammenreißen.

She flies on strange wings

"Lonely is the night without you, just as lonely as the shepherd without sheep and where flies the falcon in the high sweet air, without hunting his prey in valleys deep?"
(Golden Earring – She flies on strange wings)

Ich verzehrte mich nach Vera und wartete auf das Wochenende. Dazwischen lagen noch ein Abend in unserm Jugendclub und ein Abend mit Vorbereitungen auf eine Mathearbeit.

Bereits am Mittwoch rief ich Vera an, sie war tatsächlich zu Hause und wir verabredeten uns für den Freitag Abend zum Pizzaessen.

Endlich war der Freitag da. Ich machte mich schick mit meiner neuen schwarzen Samthose. Dies fiel sogar meinen Alten auf. Ich sagte aber nichts weiter dazu. Ich hatte mir die Haare hinten zu einem Zopf gebunden, setzte mich in den Bus und fuhr in die Stadt.

Als ich zum vereinbarten Treff kam, war Vera noch nicht da. Mir rutschte das Herz in die Hose. Hatte ich mir auch die richtige Uhrzeit gemerkt, war es überhaupt das richtige Restaurant, ging mir sofort durch den Kopf. Im Lokal war sie auch nicht, ich ging wieder nach draußen und wartete. Alle 30 Sekunden blickte ich auf meine Uhr. Die Sekunden schlichen dahin. Dann endlich kam sie – strahlend wie immer – ich sah sie schon von weitem. Sie trug heute zum ersten Mal seit ich sie kannte, einen kurzen Rock - und wieder dachte ich, mir treten die Augen aus den Höhlen.

Das Mädel hatte wirklich atemberaubende Beine. Heute trug sie knielange Stiefel. Ich konnte es nicht fassen. Ich rannte auf sie zu und umarmte sie.

„Toll, dass du da bist" sagte ich. „ Schön, dass du auch da bist, den Langhaarigen ist ja nicht zu trauen" gab sie grinsend zurück. Sie roch umwerfend nach ihrem Parfum. Wir gingen in das Lokal. Die italienischen Kellner starrten uns an.

Ich war zum zweiten oder dritten mal in diesem Lokal, doch zum ersten Mal mit einer solchen Superfrau. Ich konnte meine Augen nicht von ihr lassen. Sie trug einen schwarzen Minirock, ein rosa Oberteil und war wieder unglaublich gut geschminkt. Ich konnte nicht umhin, auf ihre Brüste zu schielen. Sie merkte das wohl und grinste mich an. Ich lief rot an bis zu den Haarspitzen, was sie aber geschickt ignorierte. Der unverschämt grinsende Kellner wies uns einen Tisch an – es war ein guter Tisch am Fenster - und wir setzen uns. „Nudeln oder Pizza?" sagte ich zu Vera. „Heute brauche ich eine Pizza mit allem". „Ja, ich denke, das nehme ich auch. Rotwein dazu?"

„Klar, was sonst?" meinte sie darauf.

Wir bestellten also Pizza und Rotwein. Ich konnte nicht anders, ich musste sie dauernd anstarren. Ihr schien das nichts auszumachen, im Gegenteil, sie genoss es offensichtlich, dass ich sie mit meinen Blicken fixierte. „Was hast du heute gemacht?" fragte ich. „Ich hatte heute einen komischen Tag in der Parfümerie. Da war so ein Kerl da, der ein Parfüm für seine Frau kaufen wollte. Aber als ich ihn fragte, was für ein Typ seine Frau sei, lieferte er eine genaue Beschreibung von mir ab. Der wollte mich tatsächlich anbaggern." Das gab mir einen Stich im Inneren. „Zum

Glück bist du ja nicht darauf eingegangen." – „Doch, ich habe mich für Morgen mit ihm verabredet". Ich fiel fast vom Hocker. Eifersucht nagte in mir – natürlich das musste ja so sein – dieses Mädel hatte alle Chancen der Welt bei den Kerlen.

Vera brach in lautes Gelächter aus und tätschelte meine Hand. „Du Dummer, ich wollte dich doch nur auf den Arm nehmen. Natürlich lasse ich mich nicht so plump anmachen." Sprach es und gab mir einen Kuss. Ich brauchte trotzdem eine ganze Weile, bis ich mich wieder eingekriegt hatte.

Ich erzählte ihr von meinem Tag in der Schule, von unserem bescheuerten Deutschlehrer mit seinem türkischen Kaftan, der mit uns Goethe las; vom English Unterricht, in dem wir meinen Horrorliebling Edgar Allen Poe gelesen hatten. Von den Platten, die ich mir angehört hatte, um mich auf das Treffen mit ihr vorzubereiten. Sie lächelte bezaubernd und sogar die Schockreaktion, die ich eigentlich erwartet hatte, als ich ihr von Pink Floyd, Black Sabbath und Golden Earring erzählte, blieb aus. Von einem Parfümeriegirl hatte ich eher Howard Carpendale oder anderes Hitparadenzeugs erwartet. Und um mich noch mehr zu verblüffen, fügte sie hinzu: „The Dark Side of the Moon ist meine Lieblingsplatte aller Zeiten."
Das war mir direkt einen Extraschmatz auf ihre Lippen wert. Wenn das Ameisenkribbeln in meinem Bauch noch steigerungsfähig war, dann war dieser Moment jetzt eingetreten. Ich war dem Wahnsinn wirklich bedenklich nahe, ich hatte ganze Ameisenwanderungen in meinem Gedärm,

und dazu ein Gefühl als wären Ostern und Weihnachten gleichzeitig eingetreten. Da saß diese unglaublich gutaussehende, blonde Schönheit im Minirock vor mir, und erzählte mir lächelnd, dass eine Platte von Pink Floyd ihre Lieblings LP war. Von diesem Augenblick an war ich ihr endgültig ausgeliefert. Ich musste mir einen Grappa bestellen. „Wie kommst du denn zu Pink Floyd?" fragte ich ungläubig. „Ich bin ja nicht von vorgestern, mein Lieber, nicht war? Dein Schulkamerad Micky geht ja nun mal mit meiner Schwester und der hört das gleiche Zeug wie du. Ich wusste das schon auf der Party letztens. Und die ´Dark Side of the Moon´ ist einfach eine tolle Platte."

Nun, da hatte ich meine Antwort, was wollte ich eigentlich mehr? Dieser Abend würde sowieso in meine Annalen eingehen, das war sicher.

„Wieso arbeitest du eigentlich in dieser Parfümerie?" konnte ich nicht umhin zu fragen. "Ach weißt du, ich hatte keinen Bock mehr auf die Schule. Ich habe mit der Mittleren Reife aufgehört. Außerdem bin ich ein ´Nasenmensch´, ich nehme erst einmal alles durch die Nase wahr und ich liebe Düfte. Deshalb habe ich mich für diese Sache entschieden. Wenn es mir keinen Spaß mehr macht, höre ich eben auf und mache etwas anderes. Ich bin ja noch jung, nicht wahr?" Ich gab ihr natürlich Recht und bewunderte sie insgeheim für ihre Entschlossenheit. „Außerdem, auch wenn ich in einem solchen Laden arbeite und blond bin, bin ich trotzdem nicht doof, falls du das denkst!"

Nachdem wir bezahlt hatten, legte ich meinen Arm um ihre Schulter und wir gingen zum Hauptbahnhof.

Während wir auf Veras Bus warteten, drückte sie sich an mich und wir küssten uns.

Ich fragte sie, ob sie am Samstag Abend mit mir ins Kino gehen wollte. In der Spätvorstellung lief wieder einmal 'Pink Floyd in Pompeji". Sie sagte ja, sie habe den Film eh noch nicht gesehen. Ich hätte einen Luftsprung machen können. Das war einfach unglaublich, ich hatte tatsächlich auch die nächste Hürde genommen, und sie würde sich mit mir den Floyd Film ansehen.

Ich fuhr in Hochstimmung mit dem Zug nach Hause. Wie immer glotzten mich die besoffenen Typen im Zug wegen meiner langen Haare blöd an. Heute war es mir wieder einmal völlig egal.

Ich konnte lange nicht einschlafen, ich war so aufgedreht, ich musste ständig an Vera denken. Schließlich versuchte ich es wieder mit meiner Meditation angeregt durch den Film 2001: ich schwebte sanft durch die unendlichen Weiten des Weltalls, drehte mich um meine eigene Achse, schwebte durch Raum und Zeit, alles im Fluss, alles im Gleichklang, in Harmonie mit dem Universum ...

Am nächsten Morgen war ich total müde, aber ich musste zur Schule. Anderswo hatten die längst keinen Unterricht mehr am Samstag, aber wir Idioten mussten natürlich zur Schule traben. Mein Mitschüler Micky grinste mich vielsagend an. Was hatte der Depp nur? Ich fragte ihn, was es denn so zu grinsen gäbe. Er sagte, er grinse nicht, er freue sich nur für mich, wir seien ja jetzt quasi eine Familie, er mit Elfi, ich mit Vera, das ist doch supergeil. Ich musste ihm Recht geben.

Mittags legte ich mich ein Stündchen ins Bett, damit ich abends fit wäre, aber vor Aufregung konnte ich nicht schlafen. Was würde daraus werden, fragte ich mich. Das Mädel sah unglaublich gut aus, eine Wahnsinnsfigur, sie schien vernarrt in mich zu sein und Floyd mochte sie auch noch! Dieses Girl hatte das Zeug dazu, meine Traumfrau zu werden!

Je näher der Abend rückte, desto nervöser wurde ich. Ich begann wieder mein Anziehritual: erst mal eine coole Platte auflegen, dann die Klamotten aus dem Schrank suchen, vor dem Spiegel anprobieren und schließlich die Haare kämmen.

Ich war wieder amtlich nervös, als ich am Hauptbahnhof aus dem Zug stieg. Ich ging hinüber zur Bushaltestelle und wartete auf Vera. Endlich konnte ich sie wieder in meine Arme schließen – und tatsächlich, da stieg sie aus dem Bus: heute trug sie verblichene, ausgefranste Jeans wie ich auch. Wieder rannte ich auf sie zu, umarmte und küsste sie stürmisch.

Für das Kino waren wir noch zu früh dran an diesem Abend, wir beschlossen daher, vorher noch einen Drink zu nehmen. Wir gingen in eine Kneipe und zogen uns ein Bierchen rein. Vera erzählte mir, der Typ sei schon wieder in der Parfümerie gewesen, und habe sie erneut vollgelabert. Ich erschrak, was sie mir wohl ansah, aber erneut meinte sie: "keine Panik, ich habe die Sache voll im Griff, dich mag ich, sonst keinen." Dies ging mir runter wie Öl. Ich bestellte mir noch ein Pils. Das war gut gegen meine Nervosität. „Hast du eine Ahnung, warum der Mike mich immer so komisch angrinst?" schoss es aus mir heraus. „Keine Ahnung, frag´

ihn doch selbst, warum er blöd grinst!" „Nun, ich meine halt immer, der weiß etwas von dir, das ich nicht weiß, und deshalb grinst er mich komisch an." „So, was sollte dies denn deiner Meinung nach sein?" – „Ich weiß nicht, ich kenne dich ja noch nicht lange, ich weiß eben noch zu wenig von dir. Außer, dass du unglaublich gut aussiehst und ich total in dich verknallt bin." Sie lächelte und gab mir einen Kuss. Dennoch war ich nicht beruhigt, da gab es etwas, was sie mir verschweigen hatte, das spürte ich.

Sie sagte, „ich mag dich auch sehr, du machst mich ganz verrückt. Weißt du noch im Sommer im Brauereigarten? Ich habe dich dort öfter gesehen und habe mich damals schon in dich verliebt. Du sahst so verträumt und traurig aus. Ich dachte, ich müsste dich in die Arme nehmen und ganz, ganz festhalten. Was soll ich dir denn von mir erzählen, was willst du denn wissen?"

Am liebsten hätte ich gewusst, mit wie vielen Kerlen sie schon im Bett war und warum sie so scharf auf mich war. Ich sagte stattdessen: "Auch du hast mir im Sommer schon gefallen. Ich war einsam und völlig mies drauf. Die Welt bestand nur aus Paaren und ich fühlte mich unendlich allein. Aber jetzt bist ja du da. Am liebsten will ich alles von dir wissen. Wir müssen uns ganz viel Zeit nehmen, du musst mir alles über dich erzählen. Ich will alles von dir wissen!"

„Das machen wir auch, mein Schatz, wir nehmen uns ganz viel Zeit. Jetzt lass uns zum Kino gehen." Wieder machte mein Herz einen Hüpfer und erneut war ich verblüfft, wie sie mit mir umzugehen wusste.

Vor dem Kino war wie immer bereits eine längere Schlange vor dem Kartenhäuschen. Wie zu erwarten war, standen meine Kumpels aus der örtlichen Szene auch bereits in der Schlange, Benno, Volker, Fritz und noch einige andere. Sie brüllten mir schon von weitem irgendetwas entgegen. Ich warnte Vera schon einmal vor den Chaoten vor, sie lachte aber nur, und meinte, „ist doch toll, da lerne ich gleich mal ein paar von deinen Freunden kennen." Wieder hatte sie Recht, was machte ich mir nur für blöde Gedanken?

Ich stellte das Mädel also den Chaoten vor und sie machten alle große Augen. Sie waren alle auf dope, das sah ich sofort. Ich konnte ihnen ansehen, was sie dachten: Volker war neidisch und hätte mir gerne diese Braut ausgespannt, Benno dachte wie immer nur ans Bumsen und Fritz war ehrlich erfreut uns zu sehen.

Egal, wir saßen im Kino nebeneinander in eine Reihe und sobald die ersten Töne von Echoes erklangen, dachte ich an mein Glück. Es war nicht zu fassen, ich hatte plötzlich genau das, was ich immer gewollt hatte, eine superhübsche Frau, die sich auch noch mit mir Pink Floyd im Kino ansieht.

Am Sonntag Mittag trafen wir uns mit Micky, meinem Schulkameraden, und Elfi, Veras Schwester. Elfi war nicht ganz so groß wie Vera, hatte etwas dunklere, dafür aber lange Haare. Sie war nicht ganz so üppig gebaut wie Vera. Dafür war Micky etwas breiter als ich, ein etwas kräftiger, untersetzter Typ, mit dicken Koteletten und braunen schulterlangen Haaren. In der Schule hatte ich nie viel mit ihm zu tun gehabt, er hatte andere Freunde. Er gehörte nicht gerade zu den Stars in der Klasse, was die Leistungen anging. So viel ich wusste, hatte er auch schon Dope geraucht.

Wir gingen zu Mike auf die Bude, da seine Alten nicht zu Hause waren. Er hatte ein Zimmer unter dem Dach, mit schrägen Wänden, die mit Holz verkleidet waren. Er hatte Poster von Led Zeppelin und Deep Purple an der Wand hängen. Das ist ja schon einmal cool, dachte ich mir. Auf dem Fußboden lagen Matratzen und an der hinteren Wand stand ein Bett. Mickey legte eine Platte von Led Zeppelin auf und holte eine Flasche Cola aus dem Keller. Die Mädels setzten sich auf die Matratzen, während ich Mickys Plattensammlung durchforstete. Als er mit der Colaflasche zurückkam, dachte ich, ich sehe nicht recht, denn er holte grinsend ein Bröckchen Hasch aus seiner Jeanstasche.

Während er seelenruhig anfing einen riesigen Joint zu bauen, schaute ich Vera an. Sie erwiderte meinen Blick und lächelte. „Hast du das etwa nicht geahnt, dass wir auch kiffen? Meinst du vielleicht, du bist der einzige auf der Welt? Als ich deine Kumpels gestern Abend im Kino gesehen habe, wusste ich sofort, was mit denen los ist. Du hättest mir das ruhig erzählen können. Hast du kein Vertrauen zu mir?"

„Ich, äh, hatte angenommen, ähem, dass du mich vielleicht nicht mehr willst, wenn du erfährst, dass ich Hasch rauche. Außerdem hatte ich das von dir nicht gedacht, weil du nicht so Hippie-mässig aussiehst."

„Du bist wirklich ein dummer Kerl, Werner! Meinst du, ich hätte mir so einen Typen wie dich ausgesucht, wenn ich das nicht in Kauf nehmen würde?"

Und um wirklich die letzten Zweifel zu beseitigen, nahm sie einen Zug an dem Joint, dass ihr wirklich hören und sehen vergehen musste. Ich nahm auch ein paar Züge, versuchte aber zu vermeiden, völlig wegzutreten. Micky und Elfi waren nach kurzer Zeit bereits völlig dicht und begannen zu kichern. Micky nahm Elfi an der Hand, zog sie auf das Bett an der Wand und begann wie wild mit ihr zu knutschen.

Vera sah mich kurz an, dann gab sie mir einen Schubs, so dass ich nach hinten auf die Matratze kippte und schon lag sie auf mir...'been dazed and confused for so long it's not true.." sang Robert Plant. Wie wahr dachte ich. Vera knutschte wie wild und wieder roch sie so unglaublich gut, dass mir der Duft direkt in meine intimsten Teile fuhr ...

Als ich wieder halbwegs zur Besinnung kam, war es bereits Abend. Wir gingen zu viert zum Italiener Spaghetti essen.

Schließlich fand ich mich wieder allein im Zug auf der Heimfahrt in unser Kaff. Das musste ich nun erst einmal kapieren. Dieses Parfümeriegirl, das so sauber, adrett und zugleich sexy aussah, war insgeheim eine völlig abgedrehte Nudel, die Joints rauchte, Pink Floyd hörte und mir ihre Melonen ins Gesicht drückte. Ich kam mir vor, als hätte ich das große Los der Woche gezogen.

Am nächsten Morgen grinste ich Mickey in der Schule genau so vielsagend an, wie er mich sonst ...

Ich hielt es nicht aus, ich musste Vera unbedingt sehen. Ich ließ den Zug sausen und ging nach der Schule in den Parfümerieladen in der Innenstadt. Unterwegs hatte ich noch eine langstielige, rote Rose für sie gekauft. Da stand sie und bediente gerade eine Kundin. Sie trug einen kurzen weißen Kittel unter dem ihre super Beine herausschauten. Ich musste unwillkürlich lächeln, sie sah einfach klasse aus und wenn ich daran dachte, dass wir gestern diesen Mega-joint geraucht hatten ...

Als sie mich sah, strahlte sie mich an und bedeutete mir zu warten, bis sie mit der Kundin fertig war. Sie kam lächelnd auf mich zu und sagte: "Na junger Mann, womit kann ich dienen?" „Mit einem blonden Supergirl, das mir den Kopf verdreht hat", wobei ich ihr die Rose überreichte. Vera lachte und zog mich nach draußen vor die Tür. „weißt du, die se-hen das nicht so gerne, wenn die Angestellten sich während der Arbeitszeit mit ihren Freunden und Bekannten treffen. Ich finde es aber toll, dass du mich mal besuchen kommst. Wie geht es dir heute?"

„Ach weißt du, ich komme ohne dich schon nicht mehr aus. Du hast mir wirklich das Hirn frittiert, das warst du, nicht das Hasch. Du machst mich süchtig nach dir, du bist meine Droge, du bist Musik für mich."

Lachend antwortete sie: "du bist ja ein Poet, mein Lieber. Deswegen bin ich auch so vernarrt in dich. Du tust mir gut. Bald werde ich dich richtig vernaschen.."

Ich kriegte eine knallrote Bombe, aber sie lachte nur.

Diese Frau machte mich wirklich verrückt. Sie verblüffte mich immer wieder mit neuen, unerwarteten Wendungen. Und ich konnte es kaum erwarten, dass sie ihre Drohung wahr machen würde, denn schließlich lief meine Hormon-produktion auf Hochtouren.

„So, wann denn, mein Schatz?", sagte ich keck. Sie grins-te vielsagend: "noch etwas Geduld, mein Lieber, aber bald, bald..., dann gehörst du mir!"

Ich drückte sie noch einmal an mich, bevor sie wieder in den Laden ging.

Love 74

"Love, give me your love! Love, I need your love! Don't know much about love, but just can't live without love ..
(Stone the Crows, Love 74)

Die nächsten Tage vergingen wie im Flug. Ich schwebte auf rosa Wolken. In der Schule schienen sie meine Veränderung ebenfalls zu bemerken. Meine Mitschüler fragten sich bereits, warum ich so gut drauf war, trotz der Büffelei und dem ganzen Stress. Nur Micky schien zu wissen, was mit mir los war, sagte aber nichts zu den anderen.

Die Zeit bis zum nächsten Wochenende verbrachte ich notgedrungen mit Lernen für die Schule, Spaziergängen, den 1-2 wöchentlichen Abenden im Jugendclub und natürlich mit viel Musik: Golden Earring, Wishbone Ash, King Crimson, Vanilla Fudge und natürlich Pink Floyd waren meine derzeitigen Favoriten.

Benno tauchte mehrmals in dieser Woche auf, er war wie immer auf der Suche nach einem Unterschlupf und einer Mahlzeit.

Wir befanden uns bereits in der Vorweihnachtszeit und überall begann sich die entsprechende Hektik auszubreiten. Auch für die Parfümerie, in der Vera arbeitete, brach nun die hektische Zeit an, insbesondere an den langen Samstagen vor Weihnachten.

Ich wusste, sie war gestresst, aber dennoch sagte sie zu mir am Telefon: "Am Samstag Abend kommst du zu mir, ich koche was für uns. Nichts großes natürlich, weil ich muss ja am Samstag arbeiten, aber ich möchte das gerne.

Meine alten Herrschaften sind über das Wochenende nicht da und Elfi übernachtet bei Micky. Wir beide machen es uns richtig gemütlich."

Ich freute mich wie ein Schneekönig auf den Samstag Abend und war gleichzeitig ungeheuer nervös. Was hatte das zu bedeuten? Ihre Alten waren nicht da, ihre Schwester bei Mike, wir waren alleine!

Die Zeit bis dahin zog sich wie Gummi. Ich konnte mich auf nichts richtig konzentrieren, ich spielte im Keller ein Stündchen auf meinem Schlagzeug, aber irgendwie brachte ich nichts zu Stande. Die Minuten zogen sich in die Länge und ich wurde immer nervöser. Ich beschloss, eine Flasche Sekt aus dem väterlichen Vorratskeller zu entwenden und stellte sie schon einmal in den Kühlschrank. Ich versuchte, ein Buch zu lesen, aber nichts ging. Ich machte einen Spaziergang, aber der beruhigte mich ebenfalls nicht. Endlich war es soweit, dass ich mich auf den Weg machen konnte. Es handelte sich um eine kleine Weltreise. Vera wohnte in einem anderen Vorort der Stadt, Luftlinie nur ein paar Kilometer von unserem Dorf entfernt, aber mit öffentlichen Verkehrsmitteln eine umständliche Sache. Ich musste zuerst mit dem Zug in die Stadt fahren, dann dort in den Bus umsteigen und schließlich noch ein kurzes Stück laufen.

Ich packte die Sektflasche in eine Plastiktüte und machte mich auf den Weg. Es hatte am späten Nachmittag etwas geschneit und alles war mit einer dünnen Puderzuckerschicht überzogen. Es hatte inzwischen zwar aufgehört zu schneien, aber es wehte ein ziemlich frischer, kühler Wind, als ich zum Bahnhof lief.

Endlich hatte ich das Ziel meiner Reise und meiner Sehnsüchte erreicht, ich stand vor dem Haus, in dem sie wohnte. Es war ein großes Haus in einer Villengegend, ihr Alter musste also richtig Kohle haben. Ich klingelte mit klopfendem Herzen. Der Türöffner summte und ich öffnete die Eingangstür. Direkt vor mir war eine Wohnungstür und linker Hand ging eine Holztreppe nach oben, wo Vera bereits an der Tür stand. Ich stürmte die Treppe nach oben und küsste sie stürmisch. Sie trug hautenge Jeans und ein weitausgeschnittenes T-Shirt, so dass ich ihren Busenansatz sehen konnte. „Komm′ schon rein", sagte sie während sie mich in die Wohnung zog. Ich stand in einem kleinen Garderobenvorraum, von dem aus sich eine Tür in ein Zimmer öffnete. Ich drückte ihr die mitgebrachte Flasche mit den Worten „ich habe eine Pulle Sekt für uns mitgebracht", in die Hand. „Das ist super. Häng′ deinen Mantel hier an den Haken. Komm′ rein", sagte sie und zog mich zu der offenstehenden Tür. Wir betraten eine riesige, modern eingerichtete Wohnküche mit weißen Fliesen. Rechts von uns war die Küchenzeile. Links am Fenster stand ein großer Tisch, den Vera bereits mit Tellern und Gläsern gedeckt hatte. Ein mehrarmiger Kerzenhalter stand ebenfalls auf dem Tisch.

Links hinten in einer Art Nische standen ein Sofa und ein Sessel, sowie ein niedriger Tisch. Davor ein Fernseher. In der Ecke eine Stereoanlage. Auf dem Plattenteller drehte sich gerade „Dark side of the moon". An der einen Wand in dieser Ecke befand sich ein gut gefülltes Bücherregal. Rechts in der Ecke waren 2 Türen, die vermutlich ins Bad und ein weiteres Zimmer führten.

Ich pfiff durch die Zähne „Donnerwetter, meine Liebe, das ist ja richtig edel hier, dein alter Herr muss Geld haben". „Hat er", sagte sie nur. „Ich mache uns Spaghetti mit Tomatensoße, für was anderes habe ich heute keine Zeit. Außerdem bin ich kaputt. Heute war der Teufel los im Geschäft." „Kann ich mir denken, der Weihnachtstrubel geht ja jetzt so richtig los. Ich bin auch mit Spaghetti zufrieden." Während Vera sich mit dem Nudeltopf beschäftigte, sah ich mich um. Ich kam aus dem Staunen nicht mehr heraus, dies war eine Superwohnung in einer Altbauvilla, mit richtig hohen Decken, aber ganz modern eingerichtet. „Dein alter Herr hat Geschmack, das sieht ja richtig gut aus".

„Den guten Geschmack habe ich, mein Süßer, das habe ich ausgesucht! Du kannst schon mal den Rotwein aufmachen, ich bin gleich fertig."

„Wie, du hast für deine Alten die Einrichtung ausgesucht? Das kapiere wer will," sagte ich, während ich versuchte, den Korken aus der Flasche zu ziehen.

Sie kam lächelnd auf mich zu und nahm mich am Arm: "kapierst du denn immer noch nicht, dass dies hier meine Wohnung ist? Ich bin vor nicht allzu langer Zeit 18 geworden und seitdem wohne ich hier. Das ganze Haus gehört meinem Alten quasi als Kapitalanlage und er hat diese Wohnung an mich vermietet. Unten die große Wohnung im Erdgeschoss hat er an eine Familie vermietet. "

Mir klappte die Kinnlade herunter. "A..a..aber, du hast mir doch erzählt, dass du bei deinen Eltern wohnst und dass die dieses Wochenende weg sind", stotterte ich. Vera lachte, "aber das stimmt doch alles, ich wohne bei meinen Eltern, die Wohnung gehört ihnen. Und sie sind nicht da, stimmt auch. Ich wollte dich überraschen, das ist alles."

Ich musste mich setzen. „Die Überraschung ist dir wirklich gelungen. Ich bin platt. Aber wie kannst du das denn bezahlen, ich meine, so viel verdienst du doch auch nicht, oder?"

Sie lachte, „natürlich nicht, aber ich bezahle ja auch nicht die ortsübliche Miete, eher einen symbolischen Mietpreis bei meinem alten Herrn. Außerdem habe ich kein Auto."

Diese Frau war echt für Überraschungen gut. Jetzt war ich echt gespannt, was sie noch alles auf Lager hatte. Ich glaubte immer mehr, dass ich im Lotto gewonnen hatte.

„Lass uns erst einmal anstoßen", sagte Vera zu mir und hob das Rotweinglas. „Auf uns und den heutigen Abend", sagte ich und gab ihr einen Kuss. „Und auf deine gelungenen Überraschungen", setzte ich noch hinzu, während wir mit den Gläsern anstießen.

Erst jetzt bemerkte ich, dass mir gut warm war, das Mädel hatte ordentlich eingeheizt, sie lief ja auch im T-Shirt herum, während ich im Pullover da saß. Ich zog also meinen Pullover aus und sagte, „du machst mir richtig warm, ich muss echt den Pulli ausziehen."

„Nur zu" lachte sie, „dir wird es, glaube ich, noch wärmer werden heute Abend".

Ich setzte mich an den Tisch, während Vera am Herd die Tomatensoße fertig kochte.

Sie stellte die Spaghetti und die Soße auf den Tisch. Noch einmal stießen wir mit den Gläsern an.

Wir schlürften unsere Spaghetti und tranken dazu den Rotwein. Vera schien sich köstlich über mein noch immer ungläubiges Erstaunen zu amüsieren. „Du machst aber auch Sachen mit mir," faselte ich. „Ich komme aus dem Staunen nicht mehr heraus."

„Tja, mein Lieber, ich bin eben für Überraschungen immer gut."

„Kommt deine Schwester mit Micky ab und zu auch her, ich meine..?"

„Na klar, ich gehe ja ab und zu mal aus und dann stelle ich meiner kleinen Schwester die Wohnung für ein paar Stunden zur Verfügung. Nur solange sie hier keinen Schweinkram machen, natürlich," grinste sie. „Heute Abend sind sie aber wirklich zu Hause bei Mike."

„Was ich dich die ganze Zeit schon fragen wollte, ähm, diese Jutta und Alfons, weißt du die beiden, na ja, Spießer, die du an dem Sonntag unserer ersten Verabredung mitgebracht hast, was sind das eigentlich für welche?"

„Ach weißt du," sagte Vera, „ich war tatsächlich an dem Tag mit ihnen verabredet. Ich sehe sie nur hin und wieder, aber die Gelegenheit war ganz gut die beiden ein bisschen zu schocken. Mit dir, meine ich. Die beiden wissen nicht all zu viel von meinen geheimen Vorlieben. Und ich dachte, ich schocke sie mal mit einem echten Hippie wie dich."

„Na danke, ich war eigentlich der Geschockte. Ich habe geglaubt, du hast die beiden engagiert, um mich zu testen. Ich habe Blut und Wasser geschwitzt, weil ich dachte, wenn ich diesen Test nicht bestehe, ist es aus mit uns bevor es angefangen hat."

Sie kicherte, „du hast aber mit Auszeichnung die Klippe umschifft, mein Schatz. Prost, trink noch einen Schluck mit mir", sagte sie lachend und hob das Glas erneut.

„Na denn Prosit, auf meine Vera, die Unberechenbare", erwiderte ich. Sie stand auf und sagte „ich lege mal eine andere Platte auf. Ich bin gespannt, ob dir das gefällt. Könnte was für dich sein, ist zwar nicht so heavy, aber unheimlich gut." Sie ging in die Ecke und legte eine neue Platte auf.

Es war Genesis, „Selling England by the Pound". „Das ist echt stark. Gefällt mir gut", meinte ich. „Mir auch. Habe ich heute in der Mittagspause auf die schnelle gekauft. Ich habe mir gedacht, dass dir das auch gefallen könnte."

Ich konnte nicht länger an mich halten. Ich nahm sie in die Arme: „ Mensch, Vera, du bist unglaublich. Ich bin verrückt nach dir." Sie lächelte und küsste mich. „Ich bin auch verrückt nach dir. Machst du mal den Schampus auf?"

Ich ließ mir das nicht zwei mal sagen, hechtete zum Kühlschrank und machte die Flasche Sekt auf, die ich mitgebracht hatte.

Wir stießen mit dem Sekt an. Ich kippte das Glas fast auf einen Zug. Ich kam mir schon wieder vor wie in einem Film. Dieses Mal war es aber ein guter Film, kein Horror.

Ich merkte die Wirkung des Alkohols bereits, aber auch Vera schien nicht mehr ganz nüchtern. „Mache es dir schon mal auf dem Sofa bequem, ich bin gleich wieder da", lächelte sie mich an. Sie verschwand in der Tür, die ich für das Schlafzimmer hielt. Ich nahm mein Sektglas und hockte mich auf das Sofa.

Gleich darauf erschien Vera wieder und mir stockte der Atem. Sie hatte ihre Jeans ausgezogen und hatte nur noch eine schwarze Seidenbluse, die kaum bis zu den Oberschenkeln reichte, an. An den Füßen trug sie ein Paar hochhackige schwarze Pumps.

„Na, gefalle ich dir?", fragte sie kokett und tänzelte aufreizend vor mir herum. „Unheimlich, du bist super", brachte ich hervor und zog sie zu mir herunter. Sie setzte sich auf meinen Schoß und wir begannen wie wild zu knutschen. Steve Hackett spielte gerade ein Gitarrensolo. Der Gitarrensound ging mir durch und durch. Ich begann so langsam richtig auszuflippen. Diese Frau raubte mir den letzten Rest Verstand den ich noch besaß. Ich knöpfte ihre schwarze Seidenbluse auf. Sie trug einen schwarzen BH darunter, den ich ihr ebenfalls auszog. Sie hatte jetzt nur noch den schwarzen Slip an. Sie zog mir mein T-Shirt aus. Sie flüsterte erregt, "komm´ mit mir". Dann nahm sie mich an der Hand und zog mich hinter sich her ins Schlafzimmer. Ich war wie in Trance.

Im Schlafzimmer brannten bereits Kerzen. Ich nahm nur war, dass alles in einem dunklen Blaufarbton gehalten war. Auch das französische Bett war mit dunkelblauer Bettwäsche bezogen. Wir plumpsten auf ihr Bett und sie begann, mir die Hose aufzumachen. „Du, äh, Vera, ich habe noch nie, so richtig, du weißt schon," stotterte ich. „Das macht doch nichts, du Dummer. Hauptsache, du hast mich lieb. Alles andere geht von selbst".

Nun ja, es ging nicht ganz von selbst, aber wir übten mehrmals in dieser Nacht, bis es wirklich klappte. Immer wenn einer von uns beiden eingenickt war, begann der andere wieder mit zärtlichen Liebkosungen und das Spiel begann von Neuem. Wir tranken immer wieder ein Schlückchen Sekt und hörten die Musik von Genesis und Pink Floyd dazu.

Das war besser, als jeder dope, den ich bisher geraucht hatte. Irgendwann in dieser wunderbaren Nacht nahm ich Vera ganz nahe vor mir richtig war. Ihre Wangen waren gerötet, sie hatte einen glückseligen

Ausdruck im Gesicht und mir fiel unwillkürlich der biblische Ausdruck ´...und er erkannte seine Frau", ein. Plötzlich verstand ich die Bedeutung, ja ich hatte diese Frau erkannt, in ihrem Frausein, mit allem was und wie sie war. „Ich liebe dich, Vera", flüsterte ich, ich konnte nicht anders. Nun war es heraus. Ich empfand eine unglaubliche Nähe zu ihr und ich verbannte die Traumfrauengestalten und Phantome in meinem Kopf in eine dunkle Ecke meines Geistes. Dies hier war die leibhaftige Traumfrau, sie hatte mich erobert, ich war bereit für sie zu sterben, ich war der weiße Ritter, hier bin ich, ich kämpfe für dich um mein Leben, jawohl ich tue es.

„Ich weiß es, mein Schatz," flüsterte sie mir ins Ohr und eine Gänsehaut überlief mich von oben bis unten.

„Halte mich fest, ganz fest", raunte ich in ihr Ohr, bedeckte sie mit Küssen. Mich überfiel die Angst, diese Frau wieder zu verlieren, in den Abgrund aus Einsamkeit und Verzweiflung, ohne Nähe und Liebe zurück zu fallen. Vera schien es zu spüren, denn sie antwortete, „ keine Angst mein Liebster, ich bin bei dir, ich lasse dich nicht fallen. Auch ich brauche dich, deine Nähe, deine Zärtlichkeit. Auch ich kann in den Abgrund fallen, auch ich habe meine Momente der Verzweiflung. Weißt du, viele sehen nur meine Fassade, sie sehen mich an wie eine Nutte, sie wollen mich vögeln und sich mit ihrer Eroberung schmücken. Ich weiß, du gehörst nicht zu dieser Sorte Männer. Aber viele sind so. Viele halten mich für schön und wollen mich deshalb in ihrem Bett haben. Glaube mir, es ist auch für eine Frau eine Katastrophe so abserviert zu werden."

„Du bist verletzt worden, Vera", antwortete ich. „Ich kenne viele von diesen Machos, diesen Sprücheheinis, die aber auf diese Weise Erfolg bei den Mädels haben. Das ist das, was ich nie kapiere, warum Frauen auf diese Deppen anspringen. Es bringt mich manchmal zur Verzweiflung, wenn ich so etwas mit ansehen muss."

„Ja so war das bei mir auch mal. Ich bin damals auch darauf hereingefallen. Ich war 15 und mein damaliger Freund hat mich nur verarscht. Ich war verliebt in ihn, er aber wollte sich nur mit mir schmücken. Nachdem er mich soweit hatte, dass ich mit ihm ins Bett gegangen bin, hat er mich einfach fallen lassen. Es war eine Schande."

„Ich muss zugeben, auch ich hätte nicht gedacht, dass hinter deiner wunderschönen Oberfläche eine so sensible Person steckt. Wenn man dich sieht, ist man einfach beeindruckt von deinen – äh – Äpfeln und allem. Du hast außerdem so eine lockere Art, das kommt an, kann einem aber auch leicht auf eine falsche Fährte führen. Aber seit ich weiß, dass du Floyd hörst und kiffst, habe ich eine völlig andere Meinung von dir."

„Das ist auch richtig so", flüsterte sie. „Ich habe mich dann an anderen für diesen Kerl gerächt. Ich war dumm, ich habe gedacht, denen zeig´ ich es, ich habe seine besten Kumpels verliebt in mich gemacht und sie dann abserviert. Es war eigentlich nur noch widerlich, aber ich habe es gebraucht für mein Selbstbewusstsein."

Ich liebte sie mehr denn je. Ich sagte ihr das mit dem Bibelspruch. Vera antwortete lächelnd, „ ja, das kann schon so sein, dass du mich erkannt hast, als das was ich bin. Heute Nacht bin ich nur deine Frau, voll und ganz mit allem was ich habe. Ich finde es schön, dass du solche Ideen hast, mein Liebling."

Sie schlief ein.

Irgendwie konnte ich nicht mehr schlafen in dieser Nacht. Ich war zwar müde und vielleicht bin ich auch einmal eingenickt, aber richtig geschlafen habe ich nicht mehr. Es ging mir einfach zu vieles durch den Kopf. Da lag ich nun im Bett, neben mir diese unglaublich schöne, nackte Frau. Vera schlief nun so friedlich neben mir, dicht an mich gekuschelt.

Es war zu verrückt. Jahrelang hatte ich diese blödsinnigen Hollywood Ideen von love at first sight im Kopf gehabt. War einem Phantom hinterher gejagt, dass nur in meinem verdammten Schädel existierte. Eine Traumfrau, die es in der wirklichen Welt nicht gab. Jahrelang hatte ich mich bekifft und sinnlos besoffen, und nun war plötzlich alles so einfach. Diese blonde, junge Frau, die nun neben mir so arglos schlief, hatte es geschafft. Sie hatte mir vollständig den Kopf verdreht. Sie schien plötzlich all meine Sehnsüchte zu verkörpern. Werner, was bist du für ein Esel gewesen, sagte ich zu mir. In den letzten paar Wochen, seit du Vera kennst, und nun an einem Abend, in dieser einen Nacht, hast du deine Reifeprüfung gemacht, Monate vor dem eigentlichen Abitur. Plötzlich dachte ich, Lateiner, der ich war, Vera heißt „die Wahre". War sie nun wahrhaftig meine wahre Liebe?

Mir fiel meine unglückliche Liebe zu Sandra wieder ein. Gut, so etwas würde sich nicht wiederholen, Vera war volljährig, hatte eine eigene Wohnung. Aber dennoch, wie stabil würde dieses Glück sein? Wie lange würde sie zu mir stehen? Ich bekam Angst davor, diese Frau wieder zu verlieren, ich wollte nicht wieder diesen Schmerz der Einsamkeit erfahren müssen. Ich dachte zurück an den Moment in der Fabrik, als ich auf diesem Turm stand und mich fragte, wie es wäre, hinunter zu springen. Dem ganzen ein Ende zu bereiten. Gott sei dank, hatte ich es nicht getan. Ich hätte sonst diese unglaubliche Erfahrung mit Vera nie gemacht.

Irgendwann an diesem Tag musste ich ja wieder nach Hause. Wenn ich daran dachte, fühlte ich bereits den Trennungsschmerz. Aber es musste ja sein. Zum Abschied küssten wir uns noch einmal innig. „Ich liebe dich, Vera. Das war das schönste Wochenende meines Lebens," sagte ich zum Abschied. „Ich liebe dich auch, Werner. Es war auch für mich ein tolles Wochenende. Ruf ′mich an, wenn du daheim bist." Damit schloss sie die Tür und ich ging die Treppe hinunter und verließ dieses Haus und diese Frau, die mir so viel bedeutete. Ich drehte mich noch einmal um, als ich zur Bushaltestelle ging und sah sie oben am Fenster stehen. Sie winkte mir nach und hob einmal ganz schnell ihr T-Shirt hoch, so dass ich ihre wunderbaren Brüste noch einmal kurz sehen konnte.

An diesem Abend schrieb ich für Vera den folgenden Songtext:

One more love song

The smell of your perfume
still lingers on my skin
I can still feel the touch
of your sweet kiss on my face

But you and I we know
that I have to go
we both have to be on our way
but someday we′ll be together
as long as love will last

I still can still feel the shiver
from the touch of your loving hand
you gave your love to me so freely
I only hope it's gonna last

But once again I must be on the road
it's calling me back like it always does
you and I we know it must be this way
that our love can stay

once again I remember your sweet embrace
your gentle touch , the smell of your smooth skin
now I stand here all alone
don't know where to go
but my thoughts belong to you

Ich tütete ihn in einen Umschlag und warf ihn am nächsten Tag in den Briefkasten.

Moontan

"You turn me round and round and round, got me doing like I never did before. You take me upside down bring me outside in"
(Golden Earring, Just like Vince Taylor)

Meine Gedanken drehten sich nur noch um Vera. Ich zählte die Stunden, bis ich ihre Stimme hören, sie wieder sehen würde. Es fiel mir schwer, mich auf die Schule zu konzentrieren. Aber ich musste ja büffeln. Die Weihnachtsferien sehnte ich herbei.

Vera rief mich an, nachdem sie meinen Brief mit dem Text bekommen hatte. „Mein Schatz, ich habe mich wahnsinnig gefreut. Noch nie hat einer einen Songtext für mich und über mich geschrieben. I love you. Kommst du morgen Abend zu mir? Du kannst mich vom Geschäft abholen!"

Nichts tat ich lieber als das und ich fühlte mich großartig, als ich sie von der Parfümerie abholte, sie wieder sah, roch und fühlte. Wir schlenderten über den Weihnachtsmarkt und tranken Glühwein. Wir trafen Micky und Elfi. Ich hatte mich lange nicht so gut gefühlt. Ich begann, die beiden als so etwas wie meine Familie zu betrachten. Elfi hatte bereits einen im Tee und kicherte dauernd. Der heiße Glühwein begann auch bei uns langsam seine Wirkung zu entfalten. Vera hatte sich fest bei mir eingehakt und ich merkte, dass auch sie Probleme mit der Aussprache hatte. Ich sah, wie die Leute auf dem Weihnachtsmarkt uns anstarrten, aber es war mir völlig egal. Ich fühlte mich warm und wohlig.

Die restlichen Tage bis Weihnachten vergingen wie im Fluge. In der Schule war die Luft raus, nachdem die letzten Arbeiten geschrieben waren. Bei mir hatte das Dünnbrettbohren ein Ende. Nachdem der Schulstress so weit hinter mir lag, konnte ich mich wieder mehr auf Musik und Lesen konzentrieren. Ich begann, an neuen Songs für eine Band zu arbeiten, die ich noch gar nicht hatte, aber es machte Spaß.

Mit Vera musste ich unser Programm für die Weihnachtstage abstimmen, denn für uns war klar, dass wir Weihnachten auf jeden Fall zusammen sein wollten. Es sollte auf jeden Fall etwas besonderes werden, und ich würde ihre, sie meine Alten kennen lernen. Für Aufregung war also genug gesorgt und ich war überzeugt, dies würde die heißeste Weihnacht werden, die ich je erlebt hatte.

Ich sagte am Telefon zu Vera: "Den Heiligabend würde ich gerne allein mit dir verbringen. Nur wir zwei. Und später, so gegen 10 abends, wenn alle von daheim die Schnauze voll haben, machen wir bei uns ein get-together, jeder der will, soll kommen, Elfi und Mike, und wer sonst noch kommen kann. Das wäre doch scharf."

„Warum nicht? Dann können wir ja den versprochenen Christmas Joint bauen. Und an den beiden Weihnachtstagen besuchen wir unsere Alten. Finde ich klasse. I love you!"

Am letzten Samstag vor Weihnachten ging ich Geschenke kaufen. Ich hatte einen Teil meines Sparbuchs geplündert, denn ich wollte etwas besonderes für Vera kaufen. Ich lebte ja ausschließlich von dem geringen Schüler-BAFöG und dem Taschengeld, das mir meine Eltern gaben. Ich ging in der Stadt zu einem Juwelier und ließ mir verschiedenes zeigen. Das meiste war nicht für meine finanziellen Verhältnisse geeignet, ich fand jedoch schließlich ein Paar wunderschöne goldene Ohrringe für meine Vera. Für Mike und Elfi kaufte ich eine Platte von 'Ten Years After', da ich wusste, die beiden standen in letzter Zeit drauf. Für meine Alten und die 'Schwiegereltern' erwarb ich jeweils eine Pulle echten Champagner.

Schließlich gingen Vera und ich gemeinsam für unseren gemeinsamen Heiligabend und die anschließende Party einkaufen. Meinen alten Herrschaften hatte ich beigebracht, dass sie Weihnachten erst am zweiten Feiertag mit mir rechnen konnten, aber sie hatten es schließlich akzeptiert. Für unsere Party hatte ich von meiner Seite Volker mit seiner neuen Freundin Ute, Fritz, sowie Benno eingeladen, denn der war eh heimatlos. Außerdem würden Mike und Elfi, und Marion, eine Freundin von Vera kommen.

Endlich war es soweit. Vera kochte für uns Festessen, ich half ihr bei den Vorbereitungen. Dazu machten wir eine Flasche Sekt auf. Natürlich lag dazu Pink Floyd auf dem Plattenteller. Vera war schön wie immer, sie trug eine hautenge, schwarze Samthose, die unten ganz weit ausgestellt war. Dazu hatte sie ein weiße Bluse an, die sie aber so wenig zugeknöpft hatte, dass ich einen wunderbaren Einblick auf ihre Brüste hatte. Sie bemerkte, wie ich beim Essen in ihren Ausschnitt starrte und lachte: "Das ist jetzt nur für dich, später mache ich die Knöpfe zu."

Ich merkte, wie mir der Sekt zu Kopf stieg. „Vera, du machst mich total verrückt. Du bist besser als jeder Dope für mich." Sie strahlte mich an und meinte: "Das ist gut so. Das soll auch so bleiben. Du bist mein Schatz."

Ich holte mein Geschenk für sie hervor. Als sie die Ohrringe ausgepackt hatte, stieß sie einen kleinen Schrei aus: „Die sind für mich? Die sind ja wunderschön. Bist du wahnsinnig, das muss doch ein Vermögen gekostet haben!" – „Ich habe gesagt, etwas schönes für die schönste Frau, die ich kenne, und dann hat mir der Juwelier die gezeigt. Ich gebe zu, ich habe mein Sparkonto etwas erleichtert." Sie fiel mir um den Hals und küsste mich liebevoll: „Werner, du bist so lieb zu mir. Du bist so anders als die anderen. Ich liebe dich."

Ich spürte ein erneutes Kribbeln im Bauch und ein Stück tiefer ebenfalls. Vera sagte: „ich habe auch etwas für Dich. Hier schau!" Ich packte einen Herrenduft, den passenden Deostick und das entsprechende Duschgel dazu aus. Obwohl sie sicherlich Rabatt kriegte, musste das Zeug teuer gewesen sein. Der Duft war super, ich mochte ihn auf Anhieb. Sie lächelte. „Und hier ist noch was für auf die Ohren". Ich packte die Schallplatte aus, es war Golden Earring ´Moontan´. Ich küsste Vera stürmisch: "Tell me why, nocturnal vanilla queen, you haunt me even in my dream". Ich wusste, ´Vanilla Queen´ war ihr Lieblingslied auf der Platte.

Es war alles wie im Traum. Ich küsste ihre blauen Augen. Ich schaute blitzschnell auf die Uhr, es war kurz nach 9. Sie bemerkte meinen schnellen Blick: „das reicht noch. Komm." Sie wischte das Geschenkpapier vom Tisch, räumte blitzschnell alles zur Seite und setzte sich auf den Tisch. Ich knöpfte ihr die restlichen Knöpfe der Bluse auf und begann, ihre Brüste zu liebkosen. Sie zog sich komplett aus und legte sich auf den Tisch. Einer plötzlichen Eingebung folgend, nahm ich das Sektglas und goss ihr den Sekt über den Körper. Danach begann ich den Sekt von ihrer Haut zu lecken. Vera räkelte sich genüsslich, während ich sie vom Kopf bis Fuß ableckte.

„Meine Vanilla Queen", flüsterte ich ihr ins Ohr. „Frohe Weihnachten, mein Radar Lover", murmelte sie entrückt. „Jetzt wird es aber Zeit, es ist gleich 10. Die ersten müssten gleich auftauchen", sagte ich.

In der Tat, wir hatten gerade noch Zeit, uns wieder anzuziehen und ein bisschen aufzuräumen, als es klingelte und Elfi und Mike hereinstürmten. „Frohe Weihnachten", brüllten sie. Mike winkte mit einer Sektflasche. Sie kamen von Elfi's und Veras´ Eltern und mussten schon ordentlich ins Glas geschaut haben.

Mike gab Vera einen Kuss auf die Wange, ich tat das gleiche bei Elfi. Die beiden Schwestern küssten sich ebenfalls, während Mike mir kumpelhaft auf die Schultern klopfte. Gerade als wir dabei waren, die Geschenke auszupacken, tauchten meine Leute auf: Volker und Ute, Benno und Fritz. Ute hatte ich erst ein paar Mal gesehen, sie war eine kleine, eher zierliche Frau mit lockigen braunen Haaren.

Schließlich kreuzte auch noch Marion mit ihrem Freund Reinhard auf. Marion war eine hübsche dunkelhaarige und so etwas wie Veras beste Freundin, außer ihrer Schwester Elfi natürlich. Reinhard war ein großer, dunkler Typ, so eine Art Jesus Verschnitt, mit langen, lockigen Haaren und Bart. Er war mir auf Anhieb sehr sympathisch.

Wir machten noch eine Pulle Sekt auf. Ich legte Moontan auf den Plattenteller. Benno war total begeistert, er fand Golden Earring super. Es war eine muntere Runde, die sich da am Weihnachtsabend versammelt hatte. Nachdem jeder irgendwo einen Platz gefunden hatte, dauerte es nicht mehr lange, bis Mike das Hasch auspackte. Volker hatte rein zufällig auch eine Pfeife dabei, deshalb stopften wir eine Pfeife und Mike drehte einen Joint. Veras Wohnung roch innerhalb kürzester Zeit gut aromatisiert.. Wir kicherten und lachten, bis uns die Bäuche weh taten. Allmählich wurde es dann aber doch ruhiger und es verbreitete sich eine richtig friedliche Weihnachtsstimmung. Ich hatte inzwischen Atomheart Mother aufgelegt. Dies tat ein übriges zur ruhigeren Atmosphäre.

Ich saß neben Vera auf dem Boden, wir hatten ja nicht genug Sitzgelegenheiten. Sie hatte die Augen geschlossen und schwebte irgendwo in anderen Sphären. Sie lächelte. Ich schaute in die Runde, soweit beim Schein der Kerzen etwas zu erkennen war, waren alle abgehoben und jeder schwebte in seinem eigenen Kosmos. Selbst Mike war inzwischen völlig ruhig und in sich gekehrt.

Ich dachte, es ist doch unglaublich, wie sich die Dinge in meinem Leben innerhalb weniger Wochen völlig verändert hatten. Da saß ich mit der Frau, die ich liebte, am Weihnachtsabend in der Runde mit meinen Freunden und ihren Freunden. Alle hatten Hasch geraucht. Ausnahmslos. Es war der ausgeflippteste Heiligabend, den ich je erlebt hatte.

Vera rappelte sich schließlich wieder auf und fragte in die Runde: „soll ich noch einen Kaffee machen?" Die meisten waren dafür und so roch es bald nach frischem Kaffee. Dies, und die Ten Years After Platte, die ich Mike und Elfi geschenkt hatte, brachte wieder Leben in die Versammlung.

Schließlich drängte Fritz als erster zum Aufbruch und meine Kumpels mussten ihm folgen, da er das Auto hatte.

Auch die anderen erhoben sich und bedankten sich für das nette Get-together. Ich sagte zu Vera: „das war echt der schönste Heiligabend, den ich je erlebt habe." „Ich auch", sagte sie. An ihren Augen sah ich, dass sie noch tierisch high war. „Lass uns ins Bett gehen, ich bin total müde. Morgen wird es anstrengend bei den Alten."

Wir fielen buchstäblich ins Bett und schliefen sofort ein.

Am Weihnachtstag machten wir uns gegen Mittag auf den Weg zu Veras Eltern. Trotz meiner Reifeprüfung bei Vera war ich alles andere als gelassen, als wir unterwegs waren. Ich hatte mich für meine Verhältnisse einigermaßen schick gemacht, meine schwarze Samthose angezogen, und einen Pullover. Die Haare hinten zusammengebunden, damit die Mähne nicht auf Anhieb so auffiel. Wieder dachte ich, dass ist so eine Art Prüfungssituation. Vera meinte, ich solle das nicht so eng sehen. „Schließlich bin ich ja dabei, und außerdem, du machst das schon."

Es hatte etwas geschneit, die Luft war kalt und klar. Sie tat uns beiden gut, um nach dem Exzess des gestrigen Abends den Kopf etwas zu lüften. Ich betrachtete Vera von der Seite, sie sah heute müde aus. Obwohl sie sich wie immer hervorragend geschminkt hatte, ich sah es ihr an. Sie trug einen schwarzen Wollmantel und schwarze, lange Hosen. Schwarz sah zu ihren blonden Haaren einfach grandios aus.

Wir befanden uns inzwischen in einem relativ neuen Villenviertel. „Wir sind gleich da. Da drüben das Haus ist es", meinte Vera und deutete auf eine große, neue Villa. „Nicht übel", meinte ich anerkennend. Hand in Hand näherten wir uns dem Gartentor. Da summte bereits der Türöffner und Elfi erschien in der Eingangstür: „Frohe Weihnachten!", rief sie uns lachend entgegen. Wir gingen über einen mit Steinplatten ausgelegten Gartenweg zur Eingangstür. Auch Elfi sah leicht lädiert aus, hatte sich aber ebenfalls in Schale geworfen. Ich begrüßte sie mit einem Wangenkuss. „Gut dass ihr da seid. Mir geht das Feiertagsgedöns schon mächtig auf den Keks. Mike ist auch schon da. Kommt mal rein."

Wir betraten einen geräumigen, hellen Hausflur, von dem aus verschiedene Türen und eine Treppe nach oben weggingen. Hinter Elfi erschien jetzt ihre und Veras Mutter. "Sie müssen Werner sein", meinte sie lächelnd und kam mir mit ausgestreckter Hand entgegen. „Frohe Weihnachten und herzlich willkommen. Freut mich, Sie endlich kennen zu lernen. Vera spricht ja nur noch von Ihnen."

„Frohe Weihnachten auch Ihnen. Freut mich außerordentlich, Veras Mutter kennen zu lernen," entgegnete ich artig und leicht errötend. „Ich habe Ihnen, das heißt natürlich auch Ihrem Mann, etwas mitgebracht". Damit drückte ich ihr die Champagnerflasche in die Hand.

Jetzt begriff ich, woher Veras Schönheit kam. Ich sah das genaue Ebenbild von ihr vor mir, nur 20 - 25 Jahre älter. Sie war ebenfalls groß, blond, langbeinig. Die gleichen blauen Augen. Sie trug eine schwarze Tuchhose und einen grauen Pullover. Mit einem schnellen Blick stellte ich fest, dass ihre Figur noch ganz okay war.

Nachdem wir unsere Mäntel abgelegt hatten, betraten wir das Wohnzimmer. Ich war beeindruckt. So etwas hatte ich bis jetzt nur im Fernsehen gesehen. Das Wohnzimmer war riesig, nach oben offen bis unters Dach. Direkt gegenüber befand sich ein offener Kamin, in dem ein Feuer brannte. Links befand sich eine gigantische Wohnlandschaft aus Polstermöbeln dazu ein Couchtisch. Die ganze Sitzgruppe war so aufgestellt, dass man direkt auf die große Fensterfront zum Garten hin blickte. Dort saßen gemütlich Mike und Veras Vater. Er erhob sich, als wir das Wohnzimmer betraten. Er war ebenfalls groß, schlank und hatte dunkle Haare. Daher kam wohl Elfis Haarfarbe. Für meine Begriffe war er ein ziemlich attraktiver Mann. Er kam lässig auf mich zu und drückte mir die Hand: „Willkommen und fröhliche Weihnachten. Ich habe schon viel von Ihnen gehört," meinte er mit einem lächelnden Blick auf Vera. Er drückte sie an sich und sie küsste ihn auf die Wange.

Micky blieb derzeit lässig zurückgelehnt im Sofa sitzen und winkte uns nur entspannt zu. Auch er sah etwas müde aus, hatte aber bereits mit seinem Schwiegervater in spe einen Aperitif zu sich genommen.

Veras Vater bemerkte meinen Blick und meinte darauf gleich: „Werner, wollen Sie auch einen Aperitif? Und was ist mit dir Vera?"

„Da sage ich nicht nein", antwortete ich. Ich dachte, mit Alk kannst du deine Nervosität etwas bekämpfen. Obwohl ich mir sagen musste, nachdem ich die beiden gesehen hatte, war mein Nervositätsgrad bereits nach unten gesunken.

Wir pumpten uns also einen Sherry als Aperitif rein und schon kam Veras Mutter aus der Küche und bat uns zu Tisch. Der Essbereich nahm den rechten Teil dieses riesigen Zimmers ein. Dort war eine Tafel festlich gedeckt, mit Kerzenleuchtern und weißer Tischdecke auf dem Tisch. Ich war echt beeindruckt. Veras alter Herr musste tatsächlich so richtig fett Kohle haben.

Ich machte eine artige Bemerkung bezüglich des tollen Hauses, was die alten Herrschaften sichtlich erfreute.

Wir setzten uns alle an den Tisch, Vera saß links neben mir, mir gegenüber ihre Mutter, daneben ihr Vater. Rechts von mir saß Elfi, gegenüber dann Mike.

Eine nette Konstellation dachte ich mir, eingerahmt von den beiden Schwestern und gegenüber diese gutaussehende „Schwiegermutter".

Die Eltern begannen dann so nach und nach mich auszuquetschen, über die Schule, meine beruflichen Absichten, mein Elternhaus etc. etc.

So weit ich konnte, meisterte ich die Klippen wohl ganz ordentlich, es gab zumindest keine betretenen Mienen. Vera lächelte mich an und tätschelte mir die Hand.

Nach der Suppe und dem Gänsebraten waren wir dann allmählich beim Nachtisch angelangt. Nach dem Aperitif hatten wir einen ordentlichen Wein zum Essen getrunken und ich stellte fest, dass bereits wieder eine Wirkung eintrat. Aber nicht nur bei mir. Ich bemerkte rundum diese Anzeichen. Mike grinste mich bereits wieder ziemlich lädiert an, und ich bemerkte, wie Elfi neben mir anfing zu kichern. Offensichtlich suchte sie unter dem Tisch Fußkontakt zu Mike. Bei Vera machte sich die Müdigkeit deutlich bemerkbar. Als ich sie ansah, bemerkte ich, dass sie Streichhölzer für die Augen hätte gebrauchen können.

Schließlich gab es Kaffee nach dem Essen und den konnten alle gut gebrauchen. Selbst ich mit meiner Kaffeeallergie trank einen mit. Veras Vater holte dann noch eine Packung Zigarillos hervor. Auch hier sagte ich nicht nein, aber auch Vera, Elfi und Mike qualmten munter mit.

Nach dem Kaffee gab es dann noch ein Likörchen für alle und die Stimmung wurde immer besser.

Ich wusste diese Geschichte nicht so recht einzuordnen. War das jetzt ausgelassene Festtagsstimmung, oder war das Frustbekämpfung oder war das, weil diese Leutchen zu viel Geld besaßen?. Jetzt hätte eigentlich nur noch gefehlt, dass Veras und Elfis alter Herr eine Rockplatte aufgelegt hätte. Diesen Gefallen tat er uns allerdings nicht. Wenigstens verkniff er es sich aber auch, irgendein Weihnachtsgedudel auf zu legen. Wir hatten es uns inzwischen auf den riesigen Polstermöbeln bequem gemacht. Mir gefiel die Sache inzwischen super gut, da alle so nett aufgeräumt waren.

Schließlich meinte Vera, es sei nun genug und drängte zum Aufbruch. Dies war nun gar nicht so einfach, weil ihre alten Herrschaften uns gerne noch da behalten hätten: „Ja bis zum Abendessen könnt ihr doch noch bleiben, was wollt ihr denn schon daheim", und so ging es weiter. Schließlich sagte ihr Vater: „lass die jungen Leute nur gehen, die wollen ja auch mal allein sein, nicht wahr?", meinte er grinsend zu seiner Frau und tätschelte ihren Hintern.

Bei soviel Verständnis wollte ich denn auch nicht nein sagen und hakte Vera unter. Ich bedankte mich vielmals für die ausgezeichnete Bewirtung und brachte meine Hoffnung zum Ausdruck, bald mal wieder vorsprechen zu dürfen.

„Aber jeder Zeit, Werner, das würde uns freuen“, hieß es und ich betrachtete dies als Zeichen, dass ich die Prüfung bestanden hatte.

Mike und Elfi kamen auch gleich mit und wir überlegten, was jetzt wohl zu tun sei. Wir gingen gemeinsam in Veras Wohnung, um den Musikmangel wieder ausgleichen.

Ich musste jetzt endlich doch die Frage los werden, ob dies eine normale Performance heute gewesen war. Ich sagte beiläufig zu Vera und Elfi: „War ja echt stark heute bei euren Eltern. Die sind ja ganz locker drauf. War das jetzt Festtagsstimmung oder ist das immer so?“

„Eigentlich beides. Normalerweise sind die beiden schon ganz gut drauf, aber irgendwie war es heute noch einen Dreh mehr. Was meinst du Elfi?“, kicherte Vera. Elfi lachte: „Die Abschlussbemerkung vom Alten war sicher nicht ganz uneigennützig. Wahrscheinlich liegt er jetzt schon auf unserer Mutter, deshalb wollte er uns los werden.“

Mike stellte cool fest: "Eure Mutter ist ja auch noch gut in Schuss. Würde mich nicht wundern, wenn er sie öfter mal richtig rannimmt. Nicht wahr Elfi, dich muss ich auch mal wieder ran nehmen?“ Elfi tat ganz empört: „Mike denkt immer nur ans Bumsen. Genau wie ich!“ Lachend ließ sie sich in seine Arme fallen. Ich schaute Vera an und sah in ihren Augen, dass sie an das gleiche dachte wie ich. Trocken sagte sie zu ihrer Schwester: „Tut euch keinen Zwang an, aber macht mir keine Flecke auf die Couch. Wir gehen solange ins Schlafzimmer.“ Schon nahm sich mich bei der Hand und zog mich durch die Schlafzimmertür.

Diese Frau war immer mehr nach meinem Geschmack. „Weihnachten macht mich anscheinend geil.“ Mit diesen

Worten ließ sie sich aufs rückwärts aufs Bett fallen und zog mich auf sich...

Als wir uns später wieder hoch rappelten, war es im Wohnzimmer totenstill. Vera und ich schlichen uns leise hinüber. Es war inzwischen stockdunkel. Beim Licht unserer Kerze sahen wir Elfie und Mike splitternackt und aneinander gekuschelt auf dem Sofa liegen und pennen.

„Schau dir diese beiden Herzchen an", flüsterte Vera mir zu. „Ich glaube, ich muss denen mal ein wenig Dampf machen". Sie schlich sich zur Stereoanlage und drehte voll auf.

Dies brachte die beiden anderen wieder zu sich.

„Was soll denn dieser Schweinkram an Weihnachten?" schrie Vera Empörung vortäuschend. „Liegen einfach nackt hier auf meinem Sofa herum. Hoffentlich sind keine Flecke drauf!"

„Werden schon keine drauf sein", murmelte Mike schlaftrunken. „Überhaupt, was tust du hier wir eine Nonne?" mischte sich Elfie ein. „Du bist ja schließlich auch kein Unschuldslamm". Mit diesen Worten warf sie lachend ihren BH nach Vera.

„So hat es nun heute tatsächlich die ganze Familie zum Weihnachtsbums gebracht, Vater, Mutter und die beiden Töchter," ergänzte ich.

Den Rest des angebrochenen Abends verbrachten wir erzählend und herumalbernd.

Time Machine

"Inside my time machine, where we can dream. Away from the world and all its cares – time machine"
(Beggars' Opera – Time Machine)

Nachdem wir auch den zweiten Weihnachtstag bei meinen alten Herrschaften glücklich über die Bühne gebracht hatten, stand nun das Jahresende bevor. Ganz nach meinem Geschmack hatte Vera vorgeschlagen, dass wir unseren ersten gemeinsamen Jahreswechsel allein verbringen sollten, d.h. nur wir beide, ohne irgendwelche Freunde drum herum. Zumindest bis Mitternacht. Ich hatte diesen Vorschlag begeistert aufgenommen. Silvester hatte für mich schon immer eine besondere Bedeutung gehabt. Schon als Kind hatte ich es unheimlich aufregend gefunden, wenn ich kurz vor Mitternacht aus dem Bett aufstehen und das Feuerwerk anschauen durfte.

In den letzten Jahren hatte ich diesen Abend immer mit meinen Kumpels verbracht. Den Jahreswechsel hatte ich meist in mehr oder minder berauschten Zustand erlebt und war danach in die Depression abgetaucht, da ich mich unheimlich einsam gefühlt hatte. Ein winziger Funke Hoffnung war dennoch immer da gewesen, die Hoffnung nämlich, dass im neuen Jahr alles besser würde und ich meine Einsamkeit überwinden würde.

Nun hatte sich diese Hoffnung tatsächlich erfüllt und ich freute mich auf diesen Abend mit Vera.

Es begann damit, dass wir gemeinsam zum Einkaufen gingen. Vera kaufte diverse Leckereien ein, während ich die Versorgung mit Getränken übernahm, sprich Wein und Sekt besorgte.

Rein vorsorglich hatte ich auch noch etwas Dope organisiert.

Ich half Vera bei den Kochvorbereitungen. Dabei konnte ich nicht umhin, sie bewundernd anzusehen. Sie trug wieder ihre hautengen Jeans, bei denen ich mich jedes Mal fragte, wie sie wohl hineingekommen war. Darüber hatte sie nur ein weißes T-Shirt an.

„When she gets lonely and the longing gets too much, she sends a cable comin' in from above, it's my baby callin' I need you here, it's half past four and I'm shifting gear..." sang Barry Hay aus den Lautsprechern.

Ich zündete die Kerzen auf dem Tisch an, öffnete eine Flasche Rotwein und wir begannen unser Festmahl.

„Du bist so schön, ich könnte dich dauernd ansehen," sagte ich zu Vera. Sie lächelte. „Wie ist das eigentlich, wenn man dauernd so angestarrt wird, wie Du?" wollte ich von ihr wissen.

„Manchmal genieße ich die bewundernden Blicke der Männer schon. Oft ist es aber entwürdigend. Ich habe dir ja schon mal gesagt, die meisten halten mich wohl für eine Nutte. Da ist auch noch dieser Typ, von dem ich dir erzählt habe. Der kommt immer noch in den Laden und versucht bei mir zu landen. Muss ihn schon ein kleines Vermögen gekostet haben, mich zu sehen. Aber ich lasse ihn natürlich abblitzen, mein Lieber."

„Denkst du nicht manchmal, dass du auch eine ungeheure Macht ausüben kannst?"

„Für eine Weile ja, aber wenn sie erst einmal mit dir im Bett waren, verlieren sie schnell das Interesse und versuchen es bei anderen. Und wenn es deine eigene Schwester oder deine beste Freundin ist. Ich habe es erlebt."

Sie schwieg nachdenklich.

„Bist du manchmal einsam?" wollte ich von ihr wissen. „Natürlich, was denkst du denn? Ich fühle mich manchmal wie die einsamste Person auf der Welt. Verloren in einem endlosen Universum. Was tun wir hier auf diesem Planeten? Wohin gehen wir? Gerade an solchen Abenden wie heute, mit dem Jahreswechsel, denke ich darüber nach, wie wohl alles noch wird. Was wird aus uns beiden zum Beispiel?"

„Ach Vera, ich würde am liebsten ewig bei dir sein. Glaubst du, unsere Seelen würden sich im Jenseits finden?"

„Wenn du mich wirklich liebst bestimmt. Ich glaube fest daran, dass es etwas gibt, was uns überdauert. All unsere Gedanken, das kann doch nicht alles weg sein, nachdem wir gestorben sind. Du lebst auch weiter in den Gedanken derer, die nach dir sind. Dazu musst du aber etwas schaffen, was über dein Leben hinausgeht. Zum Beispiel wie diese Musik, die gerade läuft. Von Golden Earring wird es Platten und Fotos geben, auch wenn es die Band und die Personen dahinter schon längst nicht mehr gibt."

„Du hast Recht" sagte ich. „Ich muss mich wieder mehr mit meiner Musik befassen. Nach dem Abi habe ich wieder mehr Zeit. Ich finde es toll, dass du auch wie ich empfindest, dass es eine unsterbliche Seele gibt. Weißt du, ich habe mit Benno, Volker und den anderen oft solche Diskussionen geführt, wie wir es gerade tun. Volker glaubt nicht daran, dass es ein Leben nach dem Tod gibt. Ich finde diesen Gedanken irgendwie schrecklich. So endgültig, alles vorbei..."

„Die Liebe wird überdauern. Unsere Seelen werden sich finden, mein Süßer. Jetzt lass uns aber wieder in das hier und jetzt zurückkehren. Schenk´ mir noch Wein ein. Ich will den Augenblick jetzt genießen. Mit dir. Dieser Augenblick ist unwiederbringlich."

Sie sah mich über den Rand des Weinglases an. Ich blickte in ihre blauen Augen. Sie schienen mich zu verschlingen. Ich merkte, wie mich eine ungeheure Erregung überkam. „Dein Augenblick ist wirklich unvergleichlich, Schatz. Ich schmelze dahin, wie Butter in der Sonne, wenn du mich so ansiehst" flüsterte ich heißer.

„Mir geht es nicht anders", flüsterte sie.

Ich stand auf, nahm sie bei der Hand und zog sie auf die Couch, wo vor einigen Tagen noch Elfie und Mike gelegen hatten und stillten unser gegenseitiges Verlangen.

„Ich will diesen Abend in vollen Zügen genießen. Es ist der letzte Abend des Jahres. Etwas geht zu Ende und etwas neues beginnt. Lass´ uns gemeinsam einen durchziehen," sagte Vera später.

Ich ließ mir das nicht zweimal sagen und baute einen Joint. Inzwischen waren wir wieder zu Pink Floyd übergegangen und hörten ´Dark Side of the Moon´.

„Was für ein super Sound," meinte Vera.

„Ja, und ich finde es so geil, mit dir diesen Super Sound zu hören. Der geilste Silvesterabend meines Lebens. Das verdanke ich dir."

Ich fühlte mich angenehm high und die Nähe zu Vera verschaffte mir ein unglaubliches Wohlgefühl. Vera war mindestens genauso high wie ich, denn sie begann zu kichern.

Einige Zeit später fanden wir uns erschöpft nebeneinander auf dem Fußboden wieder. Die Kerzen auf dem Tisch waren die einzige flackernde Beleuchtung im Zimmer.

„Wovon träumst du eigentlich, Vera, ich meine, was sind die Träume, die du vielleicht leben möchtest?"

Sie dachte einen Moment nach, dann antwortete sie, während sie sich aufrichtete: "Ich beschäftige mich gerne mit schönen Dingen. Und du kennst meine empfindliche Nase. Ich stelle mir vor, dass ich Mode entwerfe und natürlich tolle, sinnliche Düfte kreiere".

Sie saß mir nun nackt gegenüber auf dem Fußboden und sah mich an. „Aber das ist nur die Oberfläche, was ich mir so vielleicht denken könnte. Ich stelle mir auch vor, eine berühmte Malerin zu sein. Überhaupt, ich wäre gerne eine femme fatale, eine Maria Magdalena, vielleicht eine Cleopatra, geheimnisvoll und mächtig. Oder eine Elisabeth Báthory, die in Kinderblut badete, um ewige Jugend zu erlangen."

Ihre Augen schienen sich in meine zu bohren, „ich bin für dich alles, Madonna und Hure, ich bin Licht und Dunkel, Hexe und Heilerin. Ich bin ausgesandt nur für dich, ich werde immer da sein und... dich abknutschen", beendete sie ihre Vorführung lachend.

Sie sprang auf: „lass uns jetzt endlich den Pudding zum Nachtisch essen. Sonst schaffen wir den dieses Jahr nicht mehr."

Kurz vor Mitternacht öffnete ich die Sektflasche und legte 'Careful with that Axe, Eugene' von Pink Floyd auf. Ich drehte die Anlage voll auf und wir gingen mit unseren Sektgläsern hinaus auf den Balkon, um das Feuerwerk zu sehen. Während Roger Waters 'careful, careful' flüsterte, und ich eine Gänsehaut bekam, stießen wir mit unseren Sektgläsern an. Ich nahm Vera in den Arm und küsste sie: „alles gute für das neue Jahr, mein Schatz." „Dir auch, mein Süßer", hauchte sie.

Dicht aneinander gepresst standen wir fröstelnd auf dem Balkon im Wind und begannen so das neue Jahr. Ich hoffte, es würde so positiv verlaufen, wie das alte Jahr geendet hatte...

I know what I like

*"Follow on with a twist of the world we go! Follow on!
Till the gold is cold."*
(Genesis – Dancing with the moonlit knight)

Drei Monate später befand ich mich mitten in den Vorbereitungen auf das Abitur. Ich hatte zwischenzeitlich mit einer Riesensause meinen 18. Geburtstag gefeiert. Ich war nun offiziell erwachsen und wahlberechtigt.

Meine Beziehung zu Vera entwickelte sich unglaublich gut und dies beflügelte mich gewaltig. Ich hatte an meiner Geburtstagsfete feierlich gelobt, bis zum Abitur keinen Dope mehr zu rauchen, da ich meine kleinen grauen Zellen dringend brauchte. Also vorerst Schluss mit den Haschischträumen. Aber zum Träumen hatte ich ja Vera.

Ich konzentrierte mich nunmehr auf meine Prüfungsvorbereitungen, insbesondere auf Mathe und Latein. Wenn die Witterung es erlaubte, fuhr ich mit dem Fahrrad nachmittags auf meine geliebten Wiesen am Flussufer, um in einer angenehmen Umgebung zu lernen. Ich setzte mich unter die herabhängenden Äste eines Weidenbaumes, paukte Mathe Aufgaben und machte Lateinübersetzungen.

Endlich war es soweit, dass die Abiturprüfungen begannen. Innerhalb von zwei Wochen hatte ich es endlich hinter mir. Es begann die dumpfe Wartezeit auf den Ausgang der schriftlichen Prüfungen.

Ich überbrückte die Zeit mit Vera auf angenehme Weise ...

Endlich war der große Tag der Verkündigung da. Der Direx teilte uns die Resultate mit, und ob man zum mündlichen Abi noch antreten musste oder nicht. Ich hatte genialer Weise genau meine Vorschlagsnoten geschrieben und war deshalb von jeglichen mündlichen Prüfungen befreit. Ich hatte es geschafft, die Reifeprüfung war nun auch offiziell bestanden. Mike hatte es übrigens auch mit Ach und Krach geschafft. Der Jubel bei Elfie und Vera war dementsprechend groß, beide hatten ja nun ihre Abiturienten.

Es fehlte zum krönenden Abschluss noch die unsägliche Abiturfeier.

Die Feier sollte in Anwesenheit der Eltern stattfinden, aber ich wollte selbstverständlich meine Vera auch dabei haben. Eingerahmt von meinen alten Herrschaften, tappte ich aus dem Hauptbahnhof. Und da stand sie, Vera hatte sich wieder einmal selbst übertroffen. Ich bemerkte, wie meinem alten Herrn der Mund aufstand, als er sie sah.

Wir tippelten gemeinsam zur Abschlussfeier, wo Mike in Begleitung von seinen Eltern und mit Elfie gerade einlief.

Es folgte eine unsägliche Veranstaltung mit salbungsvollen Ansprachen, sowie Beiträgen von Schulchor und Schulorchester. Ich hoffte auf ein baldiges Ende, damit es endlich was zu trinken gäbe.

Schließlich wurde mir dieser Wunsch erfüllt und die Schulleitung spendierte tatsächlich Sekt für die Anwesenden. Ich wollte mich mit Vera, Mike und Elfie so schnell wie möglich abseilen, aber meine alten Herrschaften hatten sich ausgerechnet bei den Eltern eines der Klassenstreber festgebissen und so wartete ich denn auf den Ausgang dieses Gesprächs. Natürlich musste ich mir hinterher anhören, wie toll doch dieser Bardo im Vergleich zu mir abgeschnitten hätte.

Ich ließ es geschehen und feierte mit Mike und den beiden Schwestern anschließend unsere Reifeprüfung gebührend. Das selbstauferlegte Kiffverbot war mit diesem Abend gefallen, genauso wie die Klamotten der Mädels im Lauf des Abends fielen.

So hatte ich schließlich doch noch erreicht was ich wollte, eine Superbraut und das Abitur in der Tasche. Die Reifeprüfung war geschafft. Ich war unendlich glücklich...

Bonus Track

When the music is over

„When the music is over turn out the lights"
(The Doors – When the music is over)

Nie ist man auf Dauer mit dem zufrieden, was man hat. So war es auch mit Vera. Nach 54 Monaten war alles zu Ende. Ich war inzwischen Anfang 20, Student der Anglistik und Amerikanistik, als das Schicksal mich einholte. Ich war mir zu sicher geworden, was Vera anbelangte. Ich hatte irgendwann begonnen, mein Supergirl zu vernachlässigen. Ich konzentrierte mich auf meine neue Umgebung an der Universität, ich stellte fest, dass auch andere Mütter hübsche Töchter haben und begann damit, diesen nicht nur hinterher zu glotzen. Ich spielte Drums in einer neuen Band, mit Leuten, die ich an der Uni kennen gelernt hatte. Vera hatte ihren Parfümeriejob geschmissen und begonnen als Fotografin zu arbeiten. Wie irgendwie alles, was sie anpackte, machte sie auch diesen Job unglaublich gut. Sie machte supertolle Aufnahmen und war dadurch oft unterwegs.

Und so hatte sich klammheimlich, wie der Dieb in der Nacht, eine Entfremdung zwischen uns eingeschlichen. Es hätte nicht passieren dürfen, ich liebte sie immer noch und dennoch geschah es.

An einem Nachmittag im Frühherbst des Jahres eröffnete sie mir, dass es aus sei zwischen uns. Sie bat mich, aus unserer Wohnung – es war ja ihre – aus zu ziehen. Ich fiel nicht wirklich aus allen Wolken. Ich war zwar überrascht und redete auf sie ein. Sie ließ sich jedoch nicht erweichen, sagte mir, sie habe mit einem anderen geschlafen, mit einem Fotografen. „Ich mag dich immer noch, Werner, aber es ist vorbei. Es tut mir leid, aber es ist so."

Ich stürzte in den Abgrund der Verzweiflung zurück, aus dem sie mich vor mehr als 4 Jahren gerettet hatte. Ich dröhnte mich mit Musik und Dope zu, ich spielte Schlagzeug wie ein Irrer, es half alles nichts. Ich hatte sie verloren. Alles war mir verleidet. Plötzlich waren mir die Studentinnen an der Uni gleichgültig.

Ich schaffte es irgendwie, während der Woche meine Vorlesungen und Seminare zu absolvieren und stürzte mich am Wochenende in die Rockdiskotheken. Ich bekiffte und besoff mich, es gab ja immer und überall genügend Gleichgesinnte, die genauso daneben waren wie ich. Die Einsamen, die Frustrierten und Gestrandeten.

Ich schrieb lange Briefe an Vera, die ich gar nicht erst wegschickte. Einmal sah ich sie noch von weitem in der Stadt, Arm in Arm mit einem anderen. Ich versteckte mich in einem Hauseingang, damit sie mich nicht sah.

Es regnete in Strömen und ich fühlte mich zerrissen, heimatlos, gestrandet an einer fernen Küste und dachte an Jim Morrison's Worte: „when the music is your only friend – until the end …"

Special thanks

Mein besonderer Dank gilt den folgenden Personen ohne die dieses Buch gar nicht oder nicht in dieser Form entstanden wäre:

- meiner Frau Sonja für ihre Zuneigung, Ausdauer und Unterstützung auch in schwierigen Zeiten

- meinen Eltern für ihre (häufige) Toleranz in der damaligen Zeit

- Hans-Peter Zimmermann (www.hpz.com), der mir den Kick gab, aus dem jahrelang schubladisierten Manuskript endlich dieses Buch zu machen

- Dave Gilmour, Roger Waters, Rick Wright, Nick Mason (Pink Floyd) für ihre wunderbare Musik, die mir seit vielen Jahren über die Runden hilft

- Hans-Ulrich Köhlke für den Beistand in einer ganz dunklen Phase

- Jensi, die Ullmer Brothers, Franz, Horst, Raimund, Manfred, Trudi, Elfi, Mike, Christel, Sabrina, Monika, Isidora, Silvia, Regina, Karin, Britta, Bianca, Jürgen „Martin" Schmidt, Harald, Horst, Stephan,

Jürgen, Angelika, Tommy, Petra, Bernd, Olli, Ossi, Heidi, Junior, Willi, Detlef, Werner, Dieter und allen, die mit mir um die Ecken und die Blöcke zogen, die Instrumente quälten oder die Schulbank drückten

- Black Sabbath, Deep Purple, Led Zeppelin, Golden Earring, Rolling Stones, Steppenwolf, the Who, Doors, Uriah Heep, The Gathering, Tiamat, Nightwish, Green Carnation, Apocalyptica, Steve Hackett, Ginger Baker, John Hiseman, Jimi Hendrix, Sixty Nine, Jethro Tull, Julie Driscoll, Peter Gabriel, Genesis, King Crimson, Spooky Tooth, Dream Theater, Masterplan, Steve Vai, Virgin Steele, Blind Guardian, Edguy, Helloween und all den anderen, die mich mit ihrer Musik begeistern

- all denen, die mich mögen und hier nicht erwähnt habe